원칙 너머

팩트를 확인하고
상황을 판단한 다음, 돌파하라

원칙 너머
Beyond Principle

임종득(영주미래연구소 소장) 지음

열린
세상

나는 왜 정치를 하는가?

- 내 인생 마지막 도전과 기획

편을 가르는 순간 모든 것은 불완전해진다

내가 정치를 하게 된 동기는 크게 두 가지로 말할 수 있다.

첫 번째 출발점은 "대한민국을 지금 이대로 둘 수는 없다."라는 생각 때문이다. 거의 100년 동안에 걸친 진보와 보수의 대립에서 진보는 계속 열세에 있었다. 하지만 최근 20~30년 동안 보수의 중심이라고 할 수 있는 재벌 기업, 군, 검찰, 기독교, 언론 등이 하나씩 허물어지기 시작했다. 현재 진보 진영은 3번의 집권을 거치면서 사회 각계각층에 상당 부분 교두보를 확보하고 있다. 이런 상황에서 그냥 지켜만 보는 것은 국가의 녹을 받으며 살아온 사람으로서 도리가 아니라는 생각이 들었다. 우리 사회가 어느 한쪽으로 심하게 기울어지면 심각한 문제가 발생할 수도 있다는 생각 때문이었다. 미약한 개인의 힘이 문제를 바로잡는 일에 얼마나 도움이 될 수 있을지는 알 수 없다. 하지만, 내가 현실 정치에 뛰어들어서 지금까지 배우고 경험했던 부분들, 그리고 계획했던 일이나 생각만 했던 것들에 대해 적극적인 의견을 개진할 필요성만큼은 너무나 절실하게 느껴졌다.

분열하고 갈라지는 순간 모든 것은 불완전해진다. 그럼에도 불구하고 이런 일이 반복되는 것은 결국은 우리 사회가 이념적으로든 계층적으로든 너무 심하게 분화되었기 때문이다. 모든 것이 서로 반목하고 질시하는 과정에서 생기는 문제들이다. 이 문제들을 '어떻게 하면 정치적으로 아우르고 봉합할 수 있을까?'라는 문제의식이 바로 첫 번째 이유이다.

두 번째 이유는 지역에 와서 보니 지역 사회의 기반이 무너지고 있는데 이 역시 너무나 시급하고 절박한 문제라고 생각했다. 활력이 넘치던 1970~1980년대의 모습은 더 이상 찾을 수 없었다. 급속한 도시화와 교통의 발달로 경북 북부지역의 인구가 대도시로 유입되면서 경제 활력이 약화되었고 인구가 줄어들어 지역소멸의 위기가 대두되고 있었다. 이대로 방치한다면 머지않아 심각한 상황에 이를 것 같았다. 이상의 두 가지 때문에 정치를 시작하게 되었고, 의원이 된다면 의정 활동도 이 두 가지 문제에 집중해서 이루어질 수밖에 없다는 생각이 든다.

　나는 누구보다 분명한 나만의 원칙을 가지고 있다. 그렇다고 해서 그 원칙을 내세우거나 다른 사람들도 그 원칙에 따라야 한다고 생각하지는 않는다. '자기가 하기 싫은 일은 남에게도 하게 해서는 안 된다. 己所不欲 勿施於人(기소불욕 물시어인)'는 말이 있다. 이 말을 나는 자기가 하기 싫은 일은 물론이고 자신이 하고자 하는 일이라고 하더라도 이를 남에게 강요할 수는 없다는 의미로 이해하고 있다. 누구에게나 자신만의 원칙이 있고 나 역시 마찬가지이다. 하지만, 이를 다른 사람에게 강요하지는 않기 때문에 '원칙은 없다.'라고 말해 왔고 실제로 그렇게 살아왔다. 누군가에게는 나의 모습이 '카멜레온'처럼 보였을지도 모르겠다. 그럼에도 불구하고 스스로 정해둔 나름의 원칙만큼은 지키기 위해 노력했다. 앞으로도 그럴 것이다.

태를 묻은 '어머니의 따뜻한 품'과 같은 곳

　2012년 10월, 내가 '장군'으로 진급해서 고향으로 돌아왔을 때, 조상의 위패가 모셔진 사당에 들러 조상님께 예를 올린 다음 고향 주민들에게 큰절로 감사의 인사를 올렸다. 그리고 그 자리에서 "고향에 자주 오지 못한 죄인에게 한결 같이 가슴을 열어 따뜻하게 맞

아주신 고향마을의 어르신들에게 감사하다는 말씀을 드린다. 어르신들의 가르침으로 이제껏 세상을 살아왔듯이 앞으로도 나라의 평안을 지키는 충성스러운 군을 만들기 위해 '장군'의 도리를 다하겠다. 군인이기 때문에 국가와 국민의 생명과 재산을 지키는 본연의 임무에 충실할 생각이지만, 고향사랑에도 소홀하지 않도록 노력하겠다."라고 말했다.

누구라도 마찬가지겠지만, 생각해 보면 나 역시 고향으로부터 많은 것들을 받았다. 내가 어느 날 갑자기 하늘에서 뚝 떨어진 사람이 아니기 때문에 고향과 그 터전에서 부모 형제들의 도움을 받고 자라면서 '나'라는 존재가 만들어졌다. 그럼에도 불구하고 고향에 너무 지나치게 무심했다. 집을 나와 영주에서 자취를 하며 중학교를 마치고 고등학교를 대구로 진학하면서부터 나는 거의 40년을 외지에서 생활했다. 물론 군복을 입고 국가를 위해서 '공복'의 역할을 했다고는 하지만, 부모 형제를 비롯해 고향의 친구들, 그리고 고향에 대해 관심을 기울이지 못한 아쉬움이 언제나 마음의 한쪽에 짐처럼 얹혀 있었다.

다행히 고향을 떠나 있었던 40년 동안 세월을 허투루 보내지는 않았다. 국방부, 합동참모본부, 국가정보원, 청와대, 대통령실 등 이곳저곳에서 나름의 역할을 했다고 자부한다. 그리고 올해 2023년을 끝으로 고향을 떠나 외지로 떠돌았던 '공복'으로서의 삶을 마무리하려고 한다. 달리 무엇을 더 성취하는 것보다는 남은 인생을 내 삶의 터전이었고 출발점이었던 고향으로 돌아와 고향의 친구들과 부모님들이 있는 곳에서 함께 하면서 내가 기여할 수 있는 일이 무엇인지를 찾아보려는 것이다.

‘그리움의 공간’ 고향이 사라지고 있다

나에게 고향은 과거의 소년과 청년이, 그리고 ‘현재의 나’는 물론이고 가까운 미래에 맞이하게 될 ‘노년의 나’가 모두 함께 있는 하나의 공간이다. 한동안 나는 그곳으로 돌아와서 주민들과 함께 지냈다. 고향으로 돌아와서 본 고향의 모습은 밖에서 사람들이 이야기하는 것만큼 활기가 없지 않았고 고향 사람들의 삶도 외부의 사람들이 생각하는 것만큼 어렵지만은 않았다. 그들은 여전히 이웃들과 시시콜콜한 것까지 모두 공유하면서 소소한 행복감을 느끼며 살아가고 있었다. 서울과 같은 대도시의 풍요로움이 담아내지 못한 이웃 간의 정과 유대감이라는 따뜻함을 새삼스레 느낄 수 있었다. 고향이 우리에게 여전히 어떤 공간 이상의 의미를 갖는 건 바로 그 따뜻함 때문일 것이다. 하지만, 이런 따뜻함이나 포근함의 이면에는 전혀 다른 모습도 있었다.

내가 중학교에 다닐 때까지 고향 영주의 인구는 17만 명 정도였고, 영주가 가장 번성했을 때의 인구는 20만 명이었다. 하지만. 지금은 영주의 인구가 10만 명 정도로 줄었다. 봉화와 영양은 더욱 심각하다. 한때 12만 명을 넘었던 봉화의 인구는 3만 명으로 줄었으며, 영양의 경우에는 인구 1만 5,000명 선이 무너지고 있다. 주민들의 삶의 질에 직접적으로 영향을 미치는 민간서비스를 포함한 대부분의 생활서비스를 공급받을 수 있는 최소의 규모가 인구 2만 명이고, 공공의 지원을 받는다는 조건 하에서 2차 병원을 운영하기 위해서도 인구가 2만 명은 되어야 한다는 전문가들의 말에 따르면 봉화는 위험의 경계에 가까워지고 있으며 영양은 이미 위험이 심화되었다는 것을 알 수 있다. 영주 역시 이대로 가면 시간차만 있을 뿐 같은 결과를 맞이하게 될 것이다.

고향은 떠난 사람도, 그곳에 남아서 살아가는 사람도 서로가 서로를 기다려주는 '그리움의 공간'이다. 우리의 삶에서 그나마 팍팍하지 않은 '여백의 공간'은 언제나 필요하다. 그런 의미에서 바라보니 고향에서 살아가는 사람들이 줄어들어도 고향을 그리워하는 사람들이나 고향이 사라지는 것은 아니라는 것을 깨달았다. 그곳에서 나처럼 성공을 좇아서 살아온 삶을 한번쯤 되돌아 볼 수 있었으면 한다. 나 역시 꿈을 찾아서 멀리 떠돌다가 성공과 좌절을 맛보고 찾은 안식처가 바로 고향이다. 내 고향 영주는 여전히 그리움을 공유하고 있는 공동체였다. 그래서 우리들의 고향이 건재해야 하는 것이다.

하지만, 내가 돌아본 고향의 모습은 정겹고 따뜻했지만 건재함과는 거리가 있었다. 학생이 없어서 학교가 문을 닫고, 의사 없는 병원이 늘어나서 환자가 되어도 치료를 받을 수 없는 곳으로 바뀌어 가고 있었다. 자영업자들이 생업을 접고 실업자로 전락하면서 경제활동 자체가 위축되어 삶의 터전 자체가 위협받는 상황도 펼쳐지고 있었다.

지난 시절 진보, 보수와 관계없이 정권마다 '도시 재생', '마을 르네상스', '지역 부흥' 등 지역 활성화를 위해 온갖 슬로건을 동원하고 나름의 정책을 펼쳤지만, 사정은 별반 나아지지 않았던 것이다. 물론 이것이 정치만의 문제가 아니라 산업화에 따른 도시 밀집으로 인한 인구 감소 현상이나 도로망의 발달에 따라 구심력이 작용했던 것과 같은 구조적인 문제가 있다는 것을 알고 있다. 그렇다고 해서 앞으로 이 추세를 그냥 내버려둔 채로 어쩔 수 없다고 실망만 하고 있을 수는 없었다. '시대적 흐름'이라는 생각으로 치부하지 않고 제대로 된 처방을 했더라면 지금과 같은 상황이 벌어지지는 않았을 것이다. 어두운 현실이 경북 북부지역의 도시들을 휘감고 있지만, 그냥 주저앉을 수는 없었다. 나에게, 그리고 우리 모두에게 고향은 과거이며, 현재이고 동시에 미래이기 때문이다.

고향에서 할 수 있는 일이 있다

내가 유럽의 여러 나라와 북미 등을 세계의 여러 나라를 다니면서 목격한 것은 그들 국가에서도 도시 집중이 이루어졌고 지방의 소도시는 인구가 많지 않았다는 것이다. 그런데 인구가 적은 지방의 소도시에서 살아가는 사람들이 오히려 쾌적한 환경 속에서 경제활동을 하고 풍족하게 문화생활을 누리면서 만족한 삶을 이어가고 있었다. 스위스나 북유럽의 나라들은 물론이고 스페인과 이탈리아 등의 남유럽 국가들 역시 마찬가지였다. 내가 그곳에서 확실하게 느낀 것은 우리가 향하는 미래가 어쩌면 하나의 방향만은 아닐 수 있을 것이라는 가능성이었다.

여러 가지 생각 끝에 내가 내린 결론 '고향에서 분명히 내가 할 수 있는 일이 있다.'는 것이다. 영주와 봉화, 그리고 영양과 울진의 문제를 해결하기 위해서는 현재 처해 있는 문제에 대한 객관적인 분석, 문제를 해결하는 장기적인 전략 및 단기적인 실천 계획, 그리고 이를 세밀하게 추진할 수 있는 준비가 필요하다고 생각했다.

도시의 미래와 발전을 이끌어가는 것은 무엇일까? 국가 예산을 확보해 기반시설을 확충하고 대기업이나 산업공단의 유치하는 등의 계획은 반드시 필요하고, 또 이런 계획이 도시의 발전 프로젝트에 반드시 포함되어야 하는 것은 분명하다. 자본주의 사회에서 사람살이의 가장 중요한 척도는 '경제'이다. 나 역시 그 말에 동의한다. 경제적인 토대가 제대로 갖추어지지 않은 곳에서는 좋은 교육과 제대로 된 의료혜택을 받을 수 없기 때문에 자아실현이라는 소중한 기회를 가질 수도 없다. 그러므로 사람들이 살기 좋은 도시는 반드시 경제적인 빈곤과 소외로부터 일정 정도의 자유가 확보되어야 한다. 경제적인 토대의 구축을 기반으로 교육과 의료, 그리고 자아실현의 기회 등이 자연스럽게 해결될 수 있는 목표를 설정해 계획을 수립하고 진행하는 것은 너무나 당연한 일이다.

하지만, 이와 같은 미시적인 접근만으로는 한계가 뚜렷할 수밖에 없다. 이는 보다 넓은 관점의 '큰 그림(Big Picture)'와는 상당한 거리가 있는 접근법이다. 정부에서 실시하는 사업에 선정되기 위해, 그리고 예산을 확보하기 위해 내재되어 있는 문제를 무시하고 달려 나가기만 했던 것은 아닌지, 정말 필요한 것은 감당할 수 있는 범위 내에서 실질적인 사업들을 펼쳐나가면서 협력과 성과를 축적해야 했던 것은 아니었는지 지금이라도 돌아볼 필요가 있다. 그 지점이 새로운 출발점이기 때문이다.

▌전략의 부재를 해결할 전문가가 필요하다

1991년 새롭게 지방자치제도가 시작된 이후로 지난 30여 년 동안 자치단체장이나 국회의원 등 많은 분들의 노고와 희생으로 영주와 봉화, 그리고 영양과 울진에서는 부분적으로 상당한 성과를 거두었다. 그리고 이 성과들은 실질적인 발전으로 이어지기도 했다. 하지만, 그것만으로 충분했다면 지금과 같은 현실을 맞지는 않았을 것이다. 지금부터 필요한 일은 '발상의 전환'이다. 쉽게 말해서 지난 시절의 성과들을 효율적으로 활용하는 것이다. 즉 새로운 목표 하나를 명확하게 설정하고 그에 따른 기획과 전략을 수립함으로써 모든 구성요소들이 동일한 방향으로 움직일 수 있게 만드는 것이다. 그래야 자원의 낭비를 최소화하고 최적의 결과를 얻을 수 있기 때문이다.

새로운 것들을 건설하고 대기업이나 공공기관을 유치하는 것도 중요하다. 하지만, 현재 영주와 봉화, 그리고 영양과 울진 등에 넓게 퍼져 있는 소중한 '자원'들을 한데 묶어서 의미 있게 만드는 것이 더욱 시급한 상황이다. 여기에 필요한 것은 전략과 기획이다. 이 전략과 기획을 현실화하는데 필요한 것은 인적, 물적 네트워크와 정책의 입안과 집행은 물론 의사결정의 방식 등을 아우르는 프로세스에 대한 전반적인 이해, 그리고 고도의 협상력과 조율 능력으로 프로젝트를 성공적으로 이끈 경험 같은 것들이다.

지방자치제도가 실시된 지난 30여 년 동안은 영주와 봉화, 그리고 영양과 울진이 도약을 하기 위한 준비 과정이었다면, 2024년에 실시되는 국회의원 총선거는 이 4개의 도시가 힘을 합쳐 한 번 더 도약할 수 있는 기회가 될 것이다. 나는 스스로를 영주와 봉화, 그리고 영양과 울진의 도약을 이끌어갈 수 있는 적임자라고 생각한다.

나는 40년 간 공직생활을 했다. 지난 시간 동안 쌓아온 자산과 역량을 기반으로 도전하고 싶은 '나의 마지막 기획'은 고향 영주와 봉화, 그리고 영양과 울진이 다시 활력을 찾을 수 있게 만드는 것이다. 지금이 타이밍 상으로도 아주 적절하다고 판단된다. 방위산업수출에서 발휘했던 전문성, 군 생활을 하면 얻은 전문성을 지역에 대한 기여로 연결할 수 있는 방법들을 오랫동안 고민해 왔기 때문에 이를 기반으로 영주와 봉화, 그리고 영양과 울진의 당면한 문제들을 어떤 식으로 해결해 갈 것인지, 미래를 위해 준비할 것은 무엇이 있는지에 대해 하나씩 정리해 가고 있다.

40년간의 공직생활 가운데 38년 동안은 군인으로 복무했다. 야전에서도 생활을 했지만, 많은 시간을 국방부와 합동참모본부, 청와대에서 전략과 기획 분야의 일을 했다. 그리고 최근까지 대통령실에서 국가안보실 제2차장으로 근무했으며 지난 시절 해외유학 등을 하면서 맺은 여러 사람들과의 네트워킹이 잘 갖추어져 있다. 무엇보다 앞으로 3년 이상의 기간 동안은 윤석열 정부의 집권기간이다. 이 기간은 내가 대통령실, 국회, 언론, 기업과의 네트워크를 제대로 활용할 수 있는 적절한 시간이다. 이를 바탕으로 내가 이

지역을 위해서 무엇을 할 것인가를 고민하고 또 실제로 일을 하겠다는 것이다. 나의 고향은 물론 우리 지역을 위해서 일을 할 수 있는 기회라고 보고 있다. 우리 지역의 문제들이나 지역의 아픔, 그리고 미래에 대한 부분들을 함께 고민하면서 응원을 하고 싶다는 것이 나의 마지막 바람이다.

丈夫生世 用則 效死以忠(장부생세 용즉 효사이충)

내가 군 생활하면서 집 현관에다 걸어둔 문구가 있다.

丈夫生世(장부생세) 用則 效死以忠(용즉 효사이충) 不用則 耕於野足矣
(불용즉 경어야족의)

"남아로 세상에 태어나서 쓰임을 받은 즉 죽기를 다해 충성하고, 쓰임을 다한 즉 낙향해서 밭을 가는 것으로 족하다."는 내용이다. 《황석공 소서》에 나오는 내용인데, 이순신 장군도 이 이야기를 했다. 내가 공직자 생활하면서 가졌던 마음가짐이다. 이제 공직 40년을 마치고 고향에 내려와서 고향 사람들과 함께 더불어서 살기 좋은 우리 영주 지역을 만드는 일에 '죽기를 다하고', 그 일을 마치고 난 다음에는 그들과 함께 '밭을 가는 일'을 하면서 여생을 보내고 싶은 것이 바람이다.

미래를 현실로 만들어가는 것은 오직 사람들의 힘이다. 내년 총선을 기점으로 영주와 봉화, 그리고 영양과 울진에서는 더욱 많은 기회가 주어질 것이다. 또한 시민들의 힘이 모아지고 발현되는 계기도 만들어질 것이다. 이를 통해 나의 고향 영주와 봉화, 그리고 영양과 울진은 가까운 미래에 과거의 모습과는 전혀 다른 새로운 도시로 탈바꿈하게 될 것이다.

'타오르지 않았다면 재조차 남길 수 없다.'는 말이 있다. 나는 국가를 위해 살아가느라고 미처 고향에 관심을 갖지 못했다. 그래서 고향 영주에서의 도전을 나에게 남은 마지막 소명으로 받아들이고 있다. 나의 모든 것을 걸고 불타오른 후에는 재로 남아서 다음 세대가 잘 자랄 수 있는 거름의 역할을 하고 싶다.

●● 차례

PART

01

방위산업수출과
사이버안보 정책을
이끌었던 '군인'

intro

어린 시절에 《이솝 우화》를 읽지 않은 사람은 없을 것이다. 나 역시 어린 시절부터 토끼와 거북이, 개미와 베짱이의 우화를 들으며 자랐다. 거북이처럼 열심히 달리면, 개미처럼 열심히 일하고 노력하면 언젠가 사람들이 '성공'이라고 말하는 목표에 도달할 수 있을 것이라고 생각했다. 단언컨대 나는 그것을 단 한 번도 의심하지 않고 살아왔으며 지금도, 그리고 앞으로도 그것을 의심하지 않을 것이다.

하지만 "그것만으로 성공을 거머쥘 수 있느냐?"고 묻는다면 "그렇다."고 답할 수는 없다. 주위를 둘러보면, 우리는 쉽게 '실패'를 찾을 수 있다. 그 많은 실패들이 모두 불성실이나 게으름, 혹은 무능 때문은 아닐 것이다. 반대로 성공한 사람들은 인생을 다른 누구보다 열심히, 처절하게, 인내해서 성공을 쟁취할 있었던 것도 아니다. 물론 성공한 사람들은 열심히, 처절하게 인생을 살았을 것이다. 하지만 실패한 사람들이라고 해

국가안보실 제2차장 임명장 수여

서 그들의 인생을 함부로 살지는 않았다는 것이다. 쉽게 말해서 우리가 살고 있는 세상은 성실과 근면을 넘어선 그 무엇을 요구한다. 이를 위해 필요한 것이 '전략과 기획'이다. 이는 개인의 문제를 넘어 도시나 국가에도 똑같이 적용되는 일이라고 생각한다.

　조직을 넘어 도시나 국가가 움직이는 원리를 살피고 이해하기 위해서는 정책의 입안과 집행은 물론 의사결정의 방식 등에 대한 프로세스를 알아야 한다. 그리고 집행 과정에서는 고도의 협상력과 조율 능력, 폭넓은 네트워크가 필요하다. 이를 제대로 된 결과물이나 성과로 만드는 과정에는 전략과 기획, 순간 판단력이 필요하다. 1장에서 살펴볼 몇 개의 장면들은 모두 여기에 필요한 요소들을 보여준다. 대통령이 주재하는 '방위산업수출 전략회의'에는 발상의 전환과 지속가능성을 확보하기 위한 전략과 기획이 있고, 방위사업법을 개정한 일에서는 의견을 달리하는 사람들과 끊임없는 대화를 통해 합의와 타협을 이끌어내는 능력이, 그리고 마지막으로 북한의 도발에 대한 대응에서는 좌고우면하지 않는 결단력을 보여줄 것이다.

대통령이 주관하는
'방위산업수출 전략회의'
'비용'에서 '산업'으로 국방에 대한 패러다임의 전환

"유럽에 가 보니까 방산 장이 섰습니다."

2022년 7월 27일 대한민국과 폴란드는 A-50 48대, K2 전차 '흑표' 980대, K-9 자주곡사포 648대 도입하는 기본협정(Framework Agreement)을 체결했다는 발표를 했다. 이는 본 계약의 전 단계로 사실상 수주 계약이었다. 언론은 국내 방산업계에의 말을 인용해 '전례 없는 대규모 계약'이라며 대대적으로 보도에 나섰다. 대한민국 방위산업의 지도(地圖)가 드디어 유럽으로 뻗어나가는 순간이었다.

나 역시 보도를 통해 알고 있었지만, 2022년 8월 22일에 국가안보실 제2차장에 취임을 하자마자 이와 관련된 보고를 받고 9월 27일에 폴란드로 향했다. 2007년 청와대 행정관 시절에 러시아와 진행했던 '불곰사업'에 실무자로 참여했고 실제로 러시아에 가서 협상을 했던 경험도 있었다. 그리고 2016년 청와대 국방비서관을 했을 때에도 방위산업 관련 업무가 주무였기 때문에 전반적인 부분들에 대해서는 이해를 하고 있는 상태였다. 폴란드에서는 부총리, NFC 안보보좌관, 그리고 각 군 총장을 만나서 협상을 진행했다. 나름의 성과도 있었다. 9월 27일에 폴란드 부총리를 만났는데, 거기서 다연장로켓 '천무'를 수출 목록에 포함시킨 것이다. 협상장에서 천무 288문을 추가해서 기본협정을 수정했다. 우리 측에서는 폴란드 대사, 그리고 폴란드의 부총리가 수정안에 사인을 함으로써 최종적으로 천무의 수출 계약이 이루어졌다. 천무와 미사일을 포함해서 60억 달러 규모였다. 폴란드 다음 목적지인 체코에서도 마찬가지로 여러 가지 협상을 진행하고 돌아왔다.

그리고 대통령께 결과 보고를 했다. 2페이지 분량의 보고서를 만들었지만, 보고서를 드리지 않고 구두로 먼저 대통령께 말씀을 드렸는데, "제가 유럽에 가 보니까 방산 장이 섰습니다."라는 것이 첫마디였다. "NATO 동맹국이 포진해 있는 유럽은 러시아와 우크라이나의 전쟁으로 인해 아마 가만히 있어도 2, 3년 동안은 방산

수출이 잘될 것 같습니다. 그런데 가만히 두면 3년 후도 우리가 계속 수출을 지속할 수 있을지는 모르겠습니다."

대통령께서 계속 보고를 이어가라고 하셔서 나는 준비된 말들을 이어갔다. "지금이 우리 방산 수출의 지속 가능성을 확보할 수 있는 기회의 창이 열린 시기입니다. 대통령께서 주도를 하셔서 지속 가능한 방산수출에 대한 전략을 수립하고 시행했으면 좋겠습니다."라고 건의를 드렸다. 대통령께서도 OK! 그리고 '그럼 어떻게 하면 됩니까?'라고 해서 드린 말씀이 "대통령께서 방위산업수출의 중요성과 앞으로의 방향 등에 대해서 선언을 하고 정부가 방위산업수출 전략회의를 기획하고 개최해서 주도적으로 끌어나갔으면 좋겠습니다."라는 것이었다.

◢ 50여 년 만에 열린 방위산업수출 전략회의

대통령이 직접 주관하는 '방위산업수출 전략회의'를 개최하는 것은 국가안보실 제2차장에 취임하면서부터 준비한 생각이었다. 만약에 이 일이 성사된다면 하나의 '사건'이라고 할 정도의 일이라고 판단했다. 1970년에 자주 국방을 목적으로 무기 개발과 생산의 필요에 따라 국방과학연구소(ADD) 창설을 지시한 박정희 대통령이 방위산업수출 관련 회의에 직접 참석한 이후, 대통령이 주관하

방위산업수출 전략평가 회의

는 회의는 단 한 번도 없었다. 50여 년 만에 다시 개최되는 대통령
주관의 방위산업수출 전략회의였다. 대통령께서 참모진을 모아서
숙의를 했고 회의를 개최하는 것으로 결정이 되었다.

2022년 11월 24일 경남 사천에서 역사적인 방위산업수출 전략
회의를 개최했다. 당시에 82개의 방위산업체, 관련 부처 장관 또는
차관, 그리고 산업은행장과 경제수석까지 모두 모여서 대통령 주관
하에 사천에서 행사를 하고 토의를 했다. 당시에 건의사항으로 나
온 것이 중소기업의 R&D 예산이 부족하다는 것이었고, 또 대통령
실의 방위산업수출 컨트롤타워 역할에 대한 의견이 제기되었다. 그
결과로 국가안보실 산하에 기획 팀이 만들어졌다. 매달 실무회의를

하고, 분기별로 안보실 2차장이 주관하는 방위산업수출 전략회의를 개최하고, 1년에 한 번은 대통령이 주관하는 체제를 기획했다.

경남 사천에서 있었던 방위산업수출 전략회의에서의 건의사항과 토의 결과는 언론에 다음과 같이 보도되었다. "정부는 2021년 현재 2.8%로 8위 수준인 세계 방위산업수출 시장 점유율을 2027년까지 5%를 돌파해 세계 4대 방산수출국으로 도약하겠다는 계획을 발표했다. 국방부는 인공지능(AI), 극초음속, 합성생물학, 고에너지 등 8대 '게임 체인저' 분야 핵심기술을 선제 확보하고, 무기 구매국이 품질에 만족할 수 있도록 판매 후 관리까지 군이 주도적으로 나서겠다고 밝혔다. 이어 2027년까지 국방 예산 대비 연구개발(R&D) 비중을 10% 이상으로 확대하고, 2026년까지 유망 중소기업 100곳을 선정해 단계별로 지원하기로 했다. 산자부는 방위산업 핵심 소재인 탄소복합소재 등 40개 핵심 소재부품 기술 개발을 추진하고 기계, 항공, 소재, 부품, 장비 분야에 연 500억 원을 투입해 인력 3,300명을 양성하는 등의 '방산 생태계' 육성 계획을 이날 회의에서 발표했다. 또 민군 기술 협력에도 2027년까지 1조원 이상을 투입하기로 했다."

남은 것은 컨트롤타워의 문제였다. 처음에는 국가안보실이 컨트롤타워가 아니었다. 그런데 회의에서 '방위산업수출'이라는 분야의 특성을 감안했을 때 컨트롤타워는 군을 이해하고 군복을 입었던 사람이 주도해야 한다. '민간인'들이 주도해서는 어려움이 많을 것 같다는 주장을 했고, 결국 국가안보실 산하에 기획팀이 만들어 졌다. 그렇게 방위산업수출 전략회의는 매달 실무회의를 개최하고 분기별로 한 번씩은 안보실 2차장이, 그리고 1년에 한 번씩은 대통령께서 주관하기로 했다. 그리고 2023년 12월 7일에 열리는 방위산업수출 전략회의를 대통령께서 주관했다.

‚K 방산' 붐을 이어갈 생각의 전환

사실 이 방위산업수출 전략회의는 선언적 의미와 정부가 주도적으로 나선다는 것 이상의 의미를 지니고 있었다. 왜냐하면 일종의 '패러다임의 전환'이 이루어진 것이기 때문이다. 우리나라의 경우에 국방비가 GDP 대비 2.8%(2021년 기준) 정도인데 기본적으로 방산이 예산을 투입해서 국방력을 강화하는 '비용'이라고 생각해 왔다. 하지만, 2022년 173억 달러의 폴란드 방위산업수출이 성사된 이후로는 'K 방산' 붐이 일어나면서 미래에는 방산이 이윤을 창출해서 국가경제발전에 도움을 되는 '산업'으로도 자리매김할 수 있게 되었다. K 방산 붐으로 생각의 전환이 일어난 것이다. 한 마디로 대통령이 주관하는 방위산업수출 전략회의는 '비용'의 관점으로만 바라보는 국방에 산업이라는 새로운 영역을 더해 패러다임의 전환을 확인하고 선언하는 자리였을 뿐만 아니라, 우리 방산의 지속가능성을 확보하는 자리였다고 의미를 부여하고 싶다.

이 모든 것이 3개월 만에 가능해진 이유

국가안보실 2차장으로 취임할 때부터 방위산업수출 관련 이야기들이 언론을 통해 계속 보도되었다. 사실은 대통령 선거 캠프에서부터 그 부분을 정책에 반영하고 있었다. 그래서 이미 국정 과제에도 포함되어 있었던 부분이고. 당연히 선거 공약에도 포함되어 있었고, 인수위에서도 방위산업수출과 관련된 정책은 원안대로 계

방위산업수출 전략회의를 마친 후 한화 방문

속 유지되고 있었다.

그렇다고는 하더라도 아주 짧은 시간에, 그 정도의 규모로, 그것도 나토 회원국과의 거래가 성사될 수 있었던 가장 중요한 요인은 대통령님의 의지였다. 예를 들어, 금융지원의 부분들이 막혀 있었다. 그 부분을 대통령께서 직접 해결했다. 그리고 폴란드에서 원했던 것은 '빠른 지원'이었다. 지금까지 이어지고 있는 우크라이나와 러시아 전쟁으로 인해 폴란드는 당시에 비축 무기의 거의 대부분을 우크라이나에 지원했다. 실제로 사용할 수 있는 무기가 없었다. 그러니까 '갭 필러(Gap Filler, 틈 메우기)'가 무기 수출의 명분이 되었다. 폴란드에서는 '갭 필러'를 요구를 했기 때문이다. 우리나라도 마찬가지다. 어떤 국가에서도 여느 공산품처럼 무기를 미리 생산해서 쌓아 두지는 않는다. 무기가 생산되면 자국 내에 배치를 통해 전력화되거나, 전력화를 위해 잠시 대기된 상태일 뿐인 것이다. 그러니까 우리 역시 무기를 당장 수출한다는 것은 전력화하기 위해서 가지고 있는 것들을 폴란드 수출로 돌리는 문제가 남아 있었다. 그 부분을 점검하기 위해서 국방부에서 정책 회의를 열었고, 문제가 되는 부분을 하나하나 점검한 후에 최종적으로 결단을 내린 것이다. 세계적으로도 이미 만들어놓은 무기 수요는 없다. 그런데 우리가 수출하겠다고 결정을 내렸기 때문에 폴란드 입장에서는 망설이지 않고 감사한 마음으로 받았던 것이다.

10년 동안의 숙원사업,
'방위사업계약법'

'끝장토론'은 끝까지 설득하고 결과에 승복하는 것

일관성과 특수성이 충돌하는 상황

"최 수석님, 이제 대통령께 보고 드리고 지침을 받아야 하지 않을까요?"

회의를 마치고 이동 중에 내가 최상목 경제수석에게 물었다. 말은 그렇게 했지만, 내심 그런 일은 일어나지 않을 것이라고 생각했다. 사실 참모의 입장에서는 합의를 도출하지 못해서 결정권자의 판단을 구하는 것은 굉장한 부담이기 때문이다. 예상했던 답이 나왔다.

"에이, 대통령께 가서 그렇게 하지 말고 차장님과 제가 풀어보시죠."

'방위사업법 개정안'에 대한 합의를 도출하는 과정에서 이런 식의 대화가 몇 번이나 오고갔는지 모른다. 이후에도 우여곡절이 있었지만, 결국 '방위사업법 개정안'에 대한 합의를 도출했고 입법안을 국회에 제출할 수 있었다.

국가계약법을 대신할 '방위사업계약법'의 필요성을 느낀 것은 참여정부 시절로 거슬러 올라간다. 당시에 나는 청와대에 근무하면서 '국방개혁 2020'의 기획에 참여하고 있었다.

국가계약법은 "국가를 당사자로 하는 계약에 관한 법률"로 국가와의 거래에서 이루어지는 거래의 모든 부분에 대해서 기본적인 원칙과 절차들을 규정해 놓은 법이다. 그런데 문제는 방위산업과 관련된 부분은 일반적으로 다른 부처에서 이루어지는 거래와는 상이한 부분들이 많다는 것이다. 무엇보다 방위산업이라고 하는 것 자체가 이제까지 우리가 가보지 못했던 영역이었다. 때로는 안 해본 일을 해야 하고 안 가본 길을 가야 하기 때문에 일반적인 방식의 거래가 이루어지기 힘든 것이 방위산업의 특성이기도 했다.

방위산업의 계약은 폴란드의 예에서 본 것처럼 대부분이 천문학적인 금액이고 대규모로 이루어진다. 또한 장기 연구개발이 뒷받침되어야 하는 경우가 많고, 첨단기술을 확보하기 위해 도전적인 목표를 설정하고 추진하는 특성이 있기 때문에 고도의 보안이 요구되는 부분이 있을 수도 있다. 하지만 이런 특성을 가진 방위산업의 계약에 적용되는 국가계약법은 일반적인 공사나 용역, 그리고 물자의 구매 및 단순 제조계약 등에 적용하는 것을 기초로 한 법령이어서 방위산업 계약의 특수성을 반영하지 못했다. 이로 인해 계약 당사자들 사이에서 많은 갈등이 유발되었다. 뿐만 아니라, 신속함을 요하는 첨단무기체계를 전력화하는 과정에서도 장애로 작용하는 경우가 발생하고 있었다.

▌ '실패를 인정하는 체제로 가야한다.'는 주장

또 다른 문제도 있었다. 방산기업의 경우에는 국가계약법에 따라 납기 일자를 맞추지 못하면 지체상금(지연배상금)을 부과 받았는데, 나중에는 지체상금이 너무 많아져서 손해를 보거나 심지어 기업이 파산을 하는 경우도 생겼던 것이다. 지체상금은 납품 예정 기일에 비해 실제 납품 날짜가 늦었을 경우 그에 따른 책임의 의미로 부과되는 돈이다. 하지만, 방위산업은 특성상 다양한 변수가 존재하게 마련이다. 기존에 없는 새로운 무기를 개발하는 경우나 군의 협력이 필요한 경우에 여러 가지 상황 등으로 인해 불가피하게 일정이 지연되기도 한다. 이와 같은 부작용이 있다는 것을 인지하고 있음에도 이제껏 방산분야에서 국가계약법이 그대로 적용되어왔던 것이다. 그러다 보니, 방산기업의 입장에서는 낙찰을 받고 계약을 체결하더라도 계획대로 납품을 하지 못할 경우에 발생할 수있는 지체상금으로 인해 엄청난 손해를 감수해야 하는 상황을 회피하기 위해 소극적이고 방어적인 방식으로 회사를 운영할 수밖에없었다. 무엇보다 방산은 도전적으로 연구, 개발을 수행할 수 있는환경을 조성하는 것이 필수적이다. 이를 위해서는 실패를 인정하는 체제로 가야 하지만, 국가계약법으로 인해 실패를 용인하지 않는 방식으로 운영할 수밖에 없었다.

이런 불합리한 부분들을 개선하기 위해 국방부, 방위사업청, 기업 쪽에서는 오래 전부터 별도의 '방위사업계약법'을 만들자는 요구를 해 왔었다. 방위사업계약법의 취지는 간단하게 말해서 방위산업이 국가계약법에 적용을 받고 있는데, 다른 산업과 달리 방위산업은 특수성이 있으니 방위산업에만 적용되는 별도의 계약법을만들어서 국가계약법에 저촉을 받지 않도록 하자는 것이다. 이를주무부서인 기획재정부에 요구했던 것이다. 기획재정부는 이를 받아들이지 않았다. 기획재정부에서는 방위사업계약법은 국가계약체계의 기본 원칙을 훼손하고 이로 인해 국가계약 체계가 무너질수 있으며 무엇보다 법 제정에 따른 실제적인 이익이 크지 않다는주장으로 국방부, 방위사업청 등의 요구에 맞섰다.

한쪽에는 실리를 다른 쪽에는 명분을

양쪽 모두 일리가 있는 의견이었기 때문에 국방부와 방위사업청이 기획재정부와 의견을 조율하기 위해 대화에 나섰다. 대통령실에서도 이 문제를 본격적으로 다루기 시작하면서 국가안보실과 경제수석실이 카운터파트로 나섰다. 또한 방산업체에서는 국회를 설득하는 일에 발 벗고 나섰다.

방산업체의 요청도 있었지만, 나 역시 'K-방산'이 지속적으로 성장할 수 있는 기반을 만들어 국방과 경제에 크게 기여할 수 있도록 하자는 방위사업계약법의 입법 취지에 공감하고 있었고 오래 전부터 이 문제를 해결하고자 하는 의지가 있었기 때문에 이 부분을 해결하는 데 집중을 했다. 무엇보다 방산업체의 국내외 경쟁력을 향상시켜 방위산업을 우리나라의 경제성장을 선도하는 첨단전략산업으로 육성하는 것이 대통령의 방침이었기 때문이다. 또한 국가안보의 확립을 위해서는 국방력이 필수적이며, 빠르게 진화하는 첨단 무기체계가 전장의 승패를 좌우하는 요인이라는 생각도 있었기 때문이다. 국가안보 확립을 위해서는 첨단무기체계를 신속하게 전력화가 필요하고 이를 위해서는 첨단무기체계 개발 주체가 실패를 무릅쓰고 도전적으로 연구하고 개발에 전념할 수 있는 법적, 제도적 환경이 절실했다.

이를 위해 국방부에서는 '방위사업계약법'의 발의를 고수했고, 기획재정부에서는 기존의 국가계약법의 틀을 지켜야 한다는 주장을 고수했다. 한 치도 물러서지 않았다. 결국, 국가안보실과 경제수석실에서 수정안을 제시했다. 내용을 보면 그야말로 '절묘한 타협'이었다. 수정안은 방위사업계약법을 발의하는 대신 국가계약법을 기반으로 하는 방위사업법을 수정하는 것이었다. 국방부와 방위사업청, 그리고 방산기업이 원하는 방위사업계약법의 내용을 방위사업법에 포함시키는 수정안은 결국 양쪽 모두의 동의를 받아냈다.

그렇게 방산기업들의 숙원사업인 '지체상금'의 문제가 해결되었다. 과도한 지체상금, 입찰참가자격제한, 복잡한 분쟁절차 등 업체의 개발의욕을 저해하는 장애요인이 완전히 제거된 것은 아니었지만, 양쪽이 모두 납득할만한 결과물이었다. 첨단무기체계 연구개발(R&D) 특성을 반영하여 '고도의 기술이 포함된 연구개발(R&D)을 성실하게 수행한 경우'에는 지체상금 감면할 수 있게 하고, 또 미래 도전기술이나 신기술 등이 적용된 계약의 경우에는 입찰기업에 가산점을 부여할 수 있게 했다. 그리고 생명이나 안전과 직결된 물품의 경우에는 가격이 아니라 품질과 성능을 우선적으로 평가할 수 있는 근거도 마련됐다.

갈등을 합리적으로 해결하는 방법

이런 합의가 가능했던 것은 국가안보실과 경제수석실 사이에서 이루어졌던 수없이 많은 회의와 토론이 있었기 때문이다. 갈등을 합리적으로 해결하는 최선의 방법은 토론이다. 대통령실의 모든 회의에서는 언로가 항상 열려 있다. 문제가 있으면 정말 지겨울 정도로 대화하고 토론한다. 중요한 사안에 대해서는 당사자들이 공감할 때까지 토론한다. 우리는 구성원 상호간의 신뢰와 인적 화합을 통한 의사결정을 추구했다. 대통령실의 민주적 운영 원칙은 이와 같은 철학에 바탕을 두고 있다. 구성원 일부라도 의사결정에 불만이 있으면 진정한 화합과 깊은 신뢰를 담보할 수 없으므로 구성원 모두가 승복할 수 있도록 계속 토의하고 설득하는 과정을 중시했다. 회의실에 앉아서 구성원들이 치열하게 토론하는 모습을 보면 '왜 이렇게 싸우지? 이렇게 하면 팀워크가 깨지는 거 아니야!'라고 걱정할 정도였다.

하지만, 그런 식의 걱정은 기우에 불과하다. 여기에 모인 사람들이 기본적으로 소통과 설득이 가능한 관계라는 사실을 간과하고 있기 때문이다. 끝장토론 끝에 누가 진다거나 진 사람이 업무를 잘못 파악하고 있다는 질책이 두려워 발언을 못하는 일은 없다. 끝장토론은 서로 이해하고 설득하고 사안을 공유하는 과정으로 기능할 뿐 문제를 확대 재생산하는 시스템이 아니다. 모두가 '프로'이고, 또한 상대방의 진심을 의심하지 않으므로 반대자들의 의견도 존중되고, 의견이 좌절된 사람도 결과에 승복한다. 일단 결론이 도출되면 그 후에는 모두가 새로운 도전을 받아들이고 과감하게 추진한다. 이 문제 역시 최상목 경제수석을 비롯한 경제수석실, 그리고 국가안보실의 구성원들을 신뢰하지 않았다면 풀어내기가 어려웠을 것이다.

지난 2023년 10월 6일 '방위사업법 개정안'이 국회를 통과했다. 국가계약법을 둘러싼 국방부와 기획재정부의 대립을 해소하고 여야의 극심한 대립 속에서도 이 법안이 여야 합의에 의해 국회를 통과한 것을 보면서 지난 시절의 많은 일들이 한꺼번에 머릿속을 스쳐갔다. 자부심을 느꼈다.

휴전 이후 최초의
'미사일 도발'에 대한 대응

해야 할 일은 머뭇거리지 않는다

북방한계선(NLL) 남쪽에 떨어진 미사일

2022년 11월 2일 아침, 북한은 열 곳의 각기 다른 장소에서 동시다발적으로 미사일을 발사했다. 오전 6시 51분 평안북도 정주와 피현 일대에서 서해상으로 단거리 탄도 미사일인 SRBM 4발을 발사했고, 오전 8시 51분부터 강원도 원산 일대에서 동해상으로 SRBM 3발을 또 발사했다. 이어 곧바로 오전 9시 12분부터 오후 1시 55분까지 함경남도 낙원, 정평, 신포 일대에서는 동해상으로, 그리고 평안남도 온천, 화진리와 황해남도 과일 일대에서는 서

해상으로 SRBM과 지대공 미사일 등 10여 발을 발사했다.

한국과 미국 군 당국으로부터 울릉도를 향해 쏜 미사일 3발 중 1발이 NLL 이남 26㎞ 해상에 떨어졌다는 보고를 받았다. 강원도 속초에서 동쪽으로 57㎞ 지점이고, 울릉도에선 서북쪽으로 167㎞ 떨어진 지점이었다. 울릉도에는 공습경보가 발령되었다. 이는 속초의 앞바다라고 할 수 있는 곳을 목표로 보란 듯이 미사일을 발사해 도발한 것이었다. 동해로 발사했던 나머지 두 발은 NLL을 넘어오지는 않았다.

과거에도 북한의 무력 도발에 대해서 단계별로 대응하는 시나리오를 마련해 두고 있었다. 항의성명을 발표하고 엄중경고를 하는 것부터 군사적으로 무력시위를 하는 것까지 단계별로 여러 가지 대응방법이 준비되어 있었다. 2022년 11월 2일에도 마찬가지였다. 전투기를 출격해서 무력시위를 해야 한다는 의견이 국방부에서 올라왔고 대통령실의 참모들도 그렇게 해야 한다는 쪽으로 의견이 좁혀지고 있었다.

NLL 북쪽 해역에 미사일을 발사하라

그 상황에서 나는 대통령께 그렇게 대응해서는 안 된다는 의견을 개진했다. '지금 북한이 NLL 남쪽 해역인 속초 동쪽 57km 지

긴급NSC상임위

점에 미사일을 발사했다. 명백히 우리 영해나 다름없는 지역에 미사일을 발사한 것이기 때문에 자위권 차원에서 '비례성'과 '충분성'의 원칙에 입각해서 대응하지 않으면 안 된다. 미사일 1발이 넘어 왔기 때문에 당연히 우리는 2~3발의 미사일을 같은 거리에 있는 NLL 북쪽 해역에 발사해야 한다.'는 것이 요지였다. 그때 대통령께서 원칙이 그렇다면 그대로 하라고 지시하셨고, 우리 측에서는 F-15K 공군 전투기들이 출격해서 공대지 미사일 3발을 NLL 북쪽 해역에 발사했다.

다음날 언론에서는 이 사건을 대대적으로 보도를 했다. 1면 톱기사로 나온 언론을 포함해 20개가 넘는 신문의 1면에 보도되었던 것으로 기억하고 있다. 영해나 다름없는 NLL 이남 해상에 북한이 미사일을 발사해 도발한 것은 휴전 이후 처음 있는 일이었을 뿐만 아니라, 남북이 동해에서 NLL을 사이에 두고 미사일을 주고받았던 것도 초유의 일이었기 때문이다.

군사분계선(MDL) 북쪽에서 이루어진 무인기 정찰 작전

2022년 12월 27일 북한 무인기가 김포, 파주 등 경기도 일대에서 발견되었다. 이는 2017년 5월 2일 성주의 사드 기지에 북한 무인기가 침범했던 사건 이후 5년여 만에 처음으로 확인된 것으로 비무장지대(DMZ)를 넘어 민간 지역까지 남하하는 등 명백한 영공 침범 사건이었다. 이 사건이 발생하고 우리 역시 '비례성'과 '충분성'의 원칙에 따라 무인기를 군사분계선(MDL) 이북으로 투입해 정찰 작전을 펼쳤다. 그렇게 결정을 하는 과정에서 국방부에서는 몇 가지 문제점을 제시했지만, 몇 시간에 걸친 설득 끝에 이루어진 작전이었다.

'좌고우면'하며 무대응하는 것은 위험하다.

어디에도 완벽한 결정은 없다. 어떤 결정이든 쉽게 이루어지지 않는다. 그 과정에서 치열하게 사고하고 토의해야 하지만, 일단 결정이 내려진 이후에는 좌고우면해서는 안 된다. 좌고우면하는 것, 즉 이랬다저랬다 하는 것은 최악의 선택이다. 반대가 있으면 설득의 과정을 거쳐야 하지만, 한 번 정해진 결정은 밀고 나가야 한다. 반대가 있더라고 진행해 가면서 하나하나 정리해 가다보면 최선은 아니더라도 어떤 결론에 도달하게 된다. 때로는 독선적이라는 오명을 뒤집어쓰더라도 비판이 두려워서 결정한 일을 번복하는 사람은 결정하는 자리에 앉아 있을 자격이 없다.

16년 동안 법제화되지 못한
사이버안보 기본법

약점을 파고 드는 침투 세력의 등장

✎ 데이터센터 화재와 사이버안보

국가안보실 제2차장이 되었을 때 사이버안보와 관련한 문제에 대해서 언론 등 세간의 우려가 있었다. 군인 출신이기 때문에 '전통적인' 국방과 안보에 비해 사이버안보에 대해서는 소홀할 것이라고 생각했던 것이다. 하지만, 그것은 기우에 불과했다. 나는 '야전'도 경험했지만, '정책형 장교'로서 그동안 이 분야에 대해서도 꾸준히 공부도 해 왔고 대통령실, 국방부, 합참, 국가정보원에서 일을 했던 경험이 있었다. 특히, 대통령실에서 국방비서관으로 일하면서는 사이버안보와 관련된 것이 중요한 업무 중의 하나였다. 사이버안보와 관련해서 나름의 플랜들을 가지고 있었다. 국가 사이버안보 전략에 대한 계획과 개념 역시 큰 틀에서 숙지하고 있었고, 그 틀 내에서 '사이버 컨트롤타워'로서 국가안보실의 역할까지도 어느 정도는 이미 정리해둔 상태였다.

가장 먼저 착수했던 일이 국가안보실을 중심으로 사이버안보 컨트롤타워 역할을 강화하고 체계적인 사이버안보 수행체계 정립 및 능력 확보를 통해 사이버안보 대응역량을 강화하는 것이었다. 우리나라는 공공, 민간, 국방 각 분야별로 사이버 위기에 대응하는 '분산 대응체계'를 유지해 왔다. 국가정보원법을 비롯해 정보통신망법, 국방정보화법 등 개별 법령에 따라 각 부처가 소관 분야에 대한 실질적인 사이버안보 업무를 수행하고 있었는데 이와 같은 법체계로는 날로 급증하는 사이버안보 위협에 제대로 대응할 수 없기 때문에 국가차원의 효과적 대응을 위한 체계정비가 필요하다고 생각했다. 현실적으로 영역별 장벽이 고착화되어 국가 사이버 위기 상황에 통합 대응하는데 한계가 있었기 때문이다. 그래서 공공, 민간, 국방 영역으로 분절된 대응체계를 통합해 국가역량을 결집할 수 있는 체계로 발전시켜 나가려고 했던 것이다.

그 과정이었던 2022년 10월 15일 판교에서 데이터센터 화재 사건이 터졌다. 화재로 서버 작동에 필요한 전원 공급이 끊겨 카카

오의 서비스 등이 다운되어버린 것이다. 한마디로 난리가 났다. 그때 대통령께서 안보실장에게 '이 사건의 원인이 단순한 화재든 아니면 어떤 의도를 가진 방화든 관계없이 이런 사건이 우리 사회 시스템이나 국민의 불편의 문제로 연결된다면 이것은 결국 안보의 문제'라는 문제의식을 갖고 이 부분을 국가 사이버안보의 영역에 포함해서 안보의 개념을 정리하라는 지시를 했다.

사이버안보 컨트롤타워는 국가안보실

군에는 국군 사이버 작전사령부가 있듯이 과학기술정보통신부, 산업자원부, 국가정보원, 경찰과 검찰까지 모두 사이버 관련된 부서들이 있다. 그들을 중심으로 TF를 구성해서 전반적인 사건의 내용과 화재가 미치는 영향으로는 어떤 것들이 있는지를 세세하게 조사했다. 인터넷과 관련된 부분은 물론이고 경제적 손실, 그리고 그로 인해 일어나는 국민 불안과 불편 요소까지도 TF에서 면밀하게 살피게 되었다.

조사를 진행한 다음에 안보실 주관으로 회의를 했는데, 막상 대통령께 보고를 드리기 위해 정리하다보니 여러 분야에 걸쳐서 문제들이 있었다. 국가 기반 시설에 화재가 발생하든 재난이 일어나면, 또는 의도를 가지고 침투해서 기능을 제한시켰을 때도 문제가

GCPR 기조연설

될 수 있었다. 전기시스템, 금융시스템, 의료시스템, 그리고 철도, 항만, 항공, 대중교통 등 교통시스템도 문제가 되는 부분들을 현장에서 확인했다. 이 부분들을 아주 면밀하게 점검하고 대책을 마련하기 위해 노력했다.

이와 관련해서 한때 국가정보원이 컨트롤타워 역할을 했다. 그 과정에서 여러 이슈들이 있었고, 과학기술정보통신부 등의 반대도 있었다. 이후에는 컨트롤타워의 역할을 하는 곳이 없는 상태로 역할이 나뉘어졌다. 국가정보원은 정부 기관에 정보와 관련된 부분을 조사해서 지원하고, 또 문제가 되는 정보에 대해서는 통제하는 기능을 했다. 민간의 영역에서 다루는 정보는 기본적으로 과학기술정보통신부에서 관리했다. 그런데 문제는 과학기술정보통신부 내에 있는 하나의 조직이 민간 전체를 관리하고 통제할 수 있는 역량이 부족하다는 것이었다.

그래서 대통령실에서 컨트롤타워 역할을 하기 위해 국가정보원과 과학기술정보통신부를 설득했다. 사이버안보 관련해서 국가정보원은 3차장, 과학기술정보통신부는 2차관이 사이버안보 기본법에 대한 입장 차를 정리하면서 법제화를 추진했다.

사이버안보와 시민의 자유

사이버안보와 관련해서 내가 가장 정리하고 싶었던 것이 사이버안보 기본법이다. 사이버안보 기본법이 처음 발의된 지 16년이 지났다. 16년 전에는 전 세계적으로도 우리나라가 선도적인 차원에서 시작했는데 아직 법제화되지 않고 있다. 여야의 입장 차도 있지만, 더 결정적인 것은 민간의 반대이다. 민간 기업 등에서는 정부의 접근을 간섭과 통제를 위한 것일 수 있다는 우려를 가지고 있다. 특히 국가정보원이 이를 진행하는 것에 대해 거부감이 심하다. 과학기술정보통신부도 반대의 입장이고, 국회 역시 이에 대한 우려를 들어서 반대를 하면서 법제화가 미루어진 것이다.

물론 국민의 자유권이나 사생활 보호에 관한 부분을 지켜져야 되는 건 분명하지만, 반대로 이를 이용해서 우리의 약점을 파고 드는 침투 세력의 위협도 상당하다. 미국이나 유럽 선진국의 경우에도 사이버안보와 관련해서 필요한 경우에는 시민의 자유권을 일부 제한할 수 있는 법안들이 만들어지고 있다. 하지만 우리는 그렇게 진행하지 못하고 있는 상황이다.

작전명 '프라미스'

고국에 무사히 보내주겠다는 약속

재외국민 보호와 국가의 존재 이유

2023년 4월 23일 북아프리카 수단에서 정부군(SAF)과 반군인 신속지원군(RSF) 간의 무력충돌로 민간인을 포함한 사상자 규모가 급증하고 각국의 재외공관 치안마저 불안한 상태에 놓이자, 현지 체류 중인 28명의 우리 교민들을 안전하게 대피, 철수시키는 '프라미스(Promise)' 작전을 성공적으로 수행했다. 육해공군이 모두 동원되어 전 세계를 횡단하는 특수작전이었는데, 소말리아 해역의 청해부대, 707특수임무단, 그리고 공군이 해외에서 수행한 첫 번째 실전 작전이기도 했다.

프라미스 작전 유공자 격려

　영어로 '약속'을 뜻하는 이번 작전명 '프라미스'는 윤석열 정부의 국정과제에 포함돼 있는 '재외국민 보호라는 약속을 지킨다.'는 의미를 담고 있었다. 정부의 120대 국정과제를 보면 '자유, 평화, 번영에 기여하는 글로벌 중추국가'란 국정목표 이행을 위한 과제 중 '지구촌 한민족 공동체 구축'에는 '재외국민 지원, 보호 강화', 특히 해외 위난, 사건사고 대응 역량 강화 등에 관한 내용이 담겨 있다.

　이번 작전이 처음은 아니었다. 지난 2011년 1월 소말리아 해적들에 붙잡혔던 인질 구출한 작전은 '아덴만의 여명(黎明)', 2021

년 8월 이슬람 무장조직 탈레반 공세로 아프가니스탄 수도 카불이 함락됐을 당시 그간 우리 정부를 도왔던 현지인 조력자들을 국내로 이송한 작전은 '미라클(Miracle)'로 각각 명명되었다.

'고국에 무사히 보내주겠다는 약속'은 국가의 의무이다. 이를 소홀히 한다면 도대체 국가의 존재 이유는 어디에 있는 것인가. 다른 것을 떠나 그렇다면 그것은 헌법의 정신에도 위배되는 것이다.

'한미 미사일 사거리 지침'의 개정

우방국은 신뢰를 바탕으로 설득해야 한다

미사일 사거리 연장이 필요하다!

2010년 나는 합동참모본부 군사전략과장으로 있었다. 당시에는 북한에서 핵개발이 한창 진행 중이었고 이로 인한 위협이 현실화되고 있었기 때문에 '한미 미사일 사거리 지침'의 개정이 필요했다. 공식적인 외교 채널을 통해 이루어진 개정 협의를 시작했다. 1차적으로 한국과 미국의 합동참모본부 대표자인 대령 1명씩을 대표로 선정했고, 나는 한국의 합참 대표로 선발되었다. 국방부와 합참, 그리고 국방과학연구소(ADD)의 전문가들이 포함된 15명 정도의 협상단을 꾸렸다. 그렇게 해서 1년 동안 협상을 진행했다. 협상의 내용은 '미사일 사거리 연장이 필요하냐?'는 군사적 요구에 대해 협의하는 것이었다. 우리의 목표는 당연히 군사적인 용도에서 미사일의 사거리 연장이 반드시 필요하다는 합의를 이끌어내는 것이었다. 그 기간이 1년이 걸렸다. 내가 한국 합참의 대표로서 1년간 협상을 했고, 1년간의 논의를 통해서 군사적으로 미사일의 사거리 연장이 필요하다는 합의를 끌어냈다. 1년 만에 양국 합참의 합의를 끝나고 다음 단계로 넘어가게 되었다. 그리고 그 결과를 바탕으로 미국의 국무부와 한국의 국방부에서 다시 협상단을 꾸렸다. 현재 국방장관으로 계신 신원식 장군이 당시에 국방부 정책기획국장이었다. 정책기획국장을 단장으로 하는 협상단이 만들어져서 다시 1년 동안 협상을 했다.

이렇게 협상이 길어진 것은 2010년대 초까지 미국의 관료들이 비확산(non-proliferation)을 강조하며 한국이 미사일 능력을 갖는 것을 대단히 꺼렸기 때문이다. 특히, 미국의 관료들이 중국을 자극할 수도 있다는 것 때문에 심하게 반대했는데 이 문제를 설득하는 것이 굉장히 어려웠다. 그렇게 해서 최종적으로 나온 결과가 사거리는 800km, 그리고 탄두의 무게는 500kg으로 정해졌다. 탄두 중량은 '트레이드 오프'(Trade-off, 탄두 중량을 줄이면서 사거리를 늘리는 방식)를 할 수 있다는 조건이었다.

사거리 800km의 의미

그런데 왜 800km였을까? 처음에 훈령을 받을 당시에 다수의 의견은 사거리를 1,000km까지 확보해서 중국의 북경(950km)을 사거리에 두어야 한다는 것이었다. 그러니까 협상을 하면서 조금 양보를 한다는 것까지 고려해서 1,500km를 제시한 다음, 우리의 협상목표인 1,000km를 관철해야 한다는 것이었다. 나는 그 의견에 반대했다. 반대의 이유는 간단했다. '무엇보다 우리의 가장 중요한 동맹인 한미 간에 군사적 필요성 때문에 협상에 나선 것인데 장사꾼이 흥정을 하는 것과 같은 편법으로 나서면 안 된다. 협상 과정에서 어느 정도 양보를 하겠다는 생각으로 1,500km를 제시한다는 것이 밝혀지면 신뢰성에 문제가 생기고, 결과적으로 미사일 사거리 연장의 필요성 자체에도 의문을 가질 수밖에 없다. 그러므로 이 문제는 군사적으로 정확한 필요성이 뭔지를 고민을 해야 된다. 미사일 사거리 연장의 필요성을 바탕으로 정확하게 수치를 확정한 후에 이를 일관되게 설득하고 관철시키는 것이 필요하다.'는 논리로 다수의 의견을 설득해 나갔다.

국방과학연구소의 전문가들과 논의한 끝에 800km의 사거리를 확보하는 것으로 결론을 내렸다. 일단 사거리 800km는 한반도를 벗어나지 않는다. 이는 북한만을 겨냥할 뿐 중국까지 미치지 못한다는 점을 강조함으로써 중국을 자극하지 않을 수 있었다. 이를 바탕으로 중국의 반대 명분도 설득해 나갈 수 있을 것이라고 판단했다.

그리고 우리 입장에서는 800km의 사거리 능력만 확보하면 이후에는 1,000km든 1,500km든 얼마든지 미사일을 발사할 수 있는 능력을 가질 수 있었다. 그 원리가 바로 '트레이드 오프(trade-off)'였다. 탄두 중량이 늘어나면 사거리는 짧아질 수밖에 없다. 반대로 탄두 중량이 줄어들면 사거리는 늘어난다. 즉 탄두 중량을 줄이면 사거리는 얼마든지 우리가 원하는 만큼 확보할 수 있었던 것이다. 굳이 사거리에 집착할 이유가 없었던 것이다.

그럼에도 불구하고 800km의 사거리 능력은 반드시 필요했다. 기술적으로 사거리 800km의 미사일을 발사하기 위해서는 공기의 저항 문제를 극복해야 했다. 대기권에서는 공기의 저항이 심하기 때문에 미사일이 대기권을 벗어났다가 다시 대기권으로 재진입하는 기술, 즉 리엔트리(re-entry) 기술이 반드시 필요하다. 리엔트리 기술은 통상적으로 사거리 600km 이상인 미사일에는 필수적으로 적용된다. 이 기술을 확보하는 실험을 진행하기 위해서 우리에게는 800km의 사거리가 필요했던 것이다.

시간이 흘러 2017년 6월 23일, 대통령을 모시고 갔던 국방과학연구소 미사일 발사시험장에서 '현무 2', 새로 개발한 사거리 800km의 신형 미사일 발사시험을 지켜봤다. 시험 발사는 성공적이었으며, 개인적으로는 협상의 당사자로 나선 지 7년 만에 그 성과를 확인할 수 있어서 감격적이었다.

미사일 지침 종료 선언

비교적 최근인 2021년 5월 21일 한미 정상회담에서 미사일 지침을 완전히 해제하는 것으로 합의하면서 미사일 개발의 제한이 완전히 해제되었다. 당시에 "오랜 숙원을 일거에 푼 쾌거"라는 청와대의 논평이나 "한미 미사일지침 종료 선언은 이번 한미 정상회담에서 또 하나의 유의미한 결과로 평가한다."는 당시 야당이었던 국민의힘 논평에서 볼 수 있듯이 적지 않은 의미를 지니고 있다. 다만, 한 가지는 짚어두고 싶다.

2010년 미사일 사거리 연장 협상을 시작할 무렵에는 미국과 중국의 관계가 지금처럼 대립적인 관계가 아니었고, 무엇보다 비확산을 강조하는 시기였다. 반면에 2021년 미사일 지침의 완전 해제는 미국과 중국의 관계 악화로 미국의 정책이 중국을 견제하기 위한 '동맹 강화'로 바뀌었다는 차이가 있다. 한마디로 한국이 원하는 미사일 지침의 해제를 통해 중국 견제에 기여를 할 수 있도록 하는 미국의 정책 변화가 있었다는 것이다. 이를 정확히 구분해서 이해할 필요가 있어 보인다.

2차 불곰사업

'K-방산' 붐의 디딤돌이 되다

/ 돌려받지 못한 '경협차관'에서 얻은 성과

내가 방위산업에 대한 관심을 가지게 된 계기가 바로 '2차 불곰사업'이다. 불곰사업은 한국이 소련에 제공했던 부채의 일부를 현물로 상환하게 되면서 발생한 무기 도입 사업이다. 내가 참여했던 것은 2002년부터 2006년까지 진행된 2차 불곰사업이다. 총 사업비는 5억 3,400만 달러였다. 사업비 가운데 절반은 경협차관 상환, 나머지는 한국 정부의 현금 지급이었다.

현물상환(불곰사업)과 관련하여 한국군은 전적으로 미국 무기체계를 따르고 있는데 상호운용성과 후속 군수 지원 측면에서 문제가 있을 수 있는 러시아 방산제품을 도입할 필요가 있느냐는 의견이 있었다. 이 사업에 대해 일부에서는 외채를 제대로 돌려받지 못하는 상황에서 러시아의 의도대로 진행되었다고 주장하지만, 사실 2차 불곰사업을 통해 우리가 러시아로부터 얻은 성과도 상당했다. 2차 사업으로 T-80U 전차, BMP-3 장갑차, Metis-M 대전차 미사일 발사기, 무레나급 공기부양정, 일류신-103 경비행기, Ka-32A 카모프 구조헬기, ANSAT 헬기 등이 도입되었다. Ka-32A 카모프 헬기는 산악지형이 많은 우리나라에서 바람에 강하고 견인력이 뛰어나 산불 진화용으로 특화되어 지금도 활용되고 있으며, BMP-3 장갑차의 포수 조준경에 장착된 열 영상 장비는 야간작전에 많은 도움이 되었다. 러시아에서 수입한 무기 중에는 지금도 운용되는 것이 있다. 무엇보다 이후 K-2 흑표전차나 K-21 장갑차의 개발에 많은 영향을 주었고 현재 'K-방산' 붐에 핵심적인 역할을 했다. 특히 국산 미사일인 천궁과 신궁 등의 개발에도 많은 역할을 했던 것으로 알려져 있다.

중거리 지대공 요격미사일 '천궁-II'

북한이 러시아 무기들을 사용하고 있었기 때문에 우리가 러시아로부터 무기를 구입해 오면, 무기의 성능이나 변형된 것이라고 하더라도 그 원형들을 볼 수 있을 것이라는 측면에서 진행된 사업이다. 그래서 1차 불곰사업 때처럼 한쪽으로 치우치지 않고, 소량으로 다양하게 수입하려는 노력을 기울였다. 러시아 무기를 기반으로 무장되어 있는 북한군의 전술 및 교리, 교범에 대한 이해도를 높일 수 있었다.

어쨌든 무기를 조사한다는 측면도 있었지만, 중요한 것은 무기 국산화를 위해 기술력을 향상시키기 위한 목적이었다. 미국 중심의 무기 체계만으로는 무기 국산화에 한계가 분명했기 때문이다. 무기를 국산화해야 나중에 방산으로 나아갈 수도 있다는 생각을 가지고 있었는데 지금도 그렇지만 당시에도 미국에서는 우리나라에 기술을 전수하는 일에 굉장히 소극적이었다. 그래서 소련, 즉 러시아 무기와 기술력을 받아들였던 것이다. 사실은 지금 전쟁을 치르고 있는 우크라이나에서 관련 첨단 기술을 많이 수입했다. 특히 소련이 붕괴되고 난 다음에 우크라이나에서는 미사일 개발과 관련된 기술을 많이 전수받았다. 우크라이나가 보유하고 있는 핵이나 원자력에 대한 기술 수준이 아주 높았기 때문이다.

그런데 이러한 과정에서 형성된 러시아와의 방위산업 협력관계가 바탕이 되어 기술보호주의가 극심한 미국이나 유럽 국가들로부터는 도입하기 어려운 군사과학기술을 들여올 수 있었다. 대표적인 예가 2011년 국방과학연구소(ADD)가 러시아 기술을 기반으로 개발한 한국형 중거리 지대공 미사일 체계 '천궁(天弓)'이다. 천궁은 중거리 지대공 유도무기로 1998년부터 체계 개념연구와 탐색개발을 통해 핵심기술을 개발한 후 2006년 '철매-Ⅱ'라는 사업명으로 체계 개발에 착수해 2011년 말 사업을 완료했다. 천궁과 같은 지대공 유도무기(SAM)는 발사 차량, 다기능 레이더 등으로 구성되는 발사통제장비와 유도탄으로 구성되며 각종 공중 위협으로부터 국지방공과 일정 지역에 대한 지역방공 기능을 제공한다. 천궁은 패트리엇에 비해서 적기가 어느 방향으로 침투하더라도 발사대를 적기를 향해 돌리지 않고도 신속하게 대응할 수 있다는 장점을 갖고 있다. 선진국과 대등한 수준의 중거리 요격무기인 천궁은 2016년 실전 배치되었다.

'천궁-Ⅱ'는 탄도 유도탄과 항공기 공격에 동시 대응하기 위해 국내 기술로 개발된 중거리, 중고도 지대공 요격체계로 다수의 시험발사에서 100% 명중률을 기록하며 지난 2018년부터 양산이 시작되었다. 지난해 아랍에미리트(UAE)와 35억 달러(약 4조 7,300억 원) 규모의 '천궁-Ⅱ' 지대공 미사일 공급 계약'을 체결한 데 이어 최대 무기 수입국 가운데 하나인 사우디아라비아와의 수출계약도 성사 단계에 있다.

짧은 정치의 경험

정치란 상대의 입장을 이해하려는 노력

인천시당 공천관리위원

국민의힘 인천시당에서 제8회 지방선거 시당 공천관리위원회를 구성했을 때 공천관리위원으로 참여했다. 인천시당 시당 공관위는 배준영 공천관리위원장과 정유섭(現 부평구갑 당협위원장), 양현주(前 인천지방법원장) 부위원장, 그리고 박성민(現 성균관대 행정학과 교수), 고가영(現 호연법률사무소 대표변호사), 이민경(前 제20대 대선 인천선대위 청년보좌역), 그리고 나까지 당 관계자 3인과 당외 인사 4인으로 구성되었다. 나의 경우에는 2014년부터 2

년 동안 17 사단장을 했던 인연이 작용했던 것으로 생각된다.

정치에 큰 관심이 없었던 내가 공관위원으로 참가한 이유는 간단했다. 지금도 상황이 크게 달라지지는 않았지만, 당시 제21대 대통령선거를 통해 다수 국민의 지지를 받았음에도 여소야대의 국면인 상황에서 지방선거 승리로 국정운영을 뒷받침함으로써 성공한 정부를 만들기 위한 것이었다. 우리는 도덕성 기준 강화, 출마 기득권 폐지 및 신인 정치인 발굴, 민주적 공천투명성 확대를 위해 당협별 추천방식 제안 및 존중, 지방의원 공직후보자 역량강화평가(PPAT) 의무시행 및 평가 결과 반영, 그리고 정치신인, 여성, 청년, 장애인, 유공자 등 정치적, 사회적 약자의 공천을 우대한다는 5가지 원칙에 입각해서 심사에 임했다.

공천관리위원회에서는 서류심사, 면접심사를 거쳐 당 정체성 당선가능성(본선 경쟁력), 도덕성(청렴성), 전문성(매니페스토), 지역유권자 신뢰도, 당 및 사회기여도, PPAT(공직후보자 기초자격평가) 결과 등을 종합적으로 심사하여 지역구 후보자와 비례대표 후보자를 추천했다.

우선 경선지역과 단수 추천지역, 우선 추천지역으로 나누었고, 이후에 기초단체장 10명, 광역의원 36명, 기초의원 75명, 비례대표 20명(광역 4명, 기초의원 16명) 등 제8회 지방선거 공직후보자 141명의 추천을 완료했다. 그 과정에서 몇몇 후보자들은 공천 결과와 경선 승복을 넘어 지방선거 승리를 위해 헌신하는 선당후사의 모습을 보여줬다. 처음으로 정치에 발을 내민 일이라서 그들의 모습이 꽤나 인상적이었다.

유권자들이 요구하는 투명성과 책임성, 공정성을 반영하기 위해 노력했고 선거결과도 나쁘지 않았다는 것에 보람을 느낀다. 개인적으로는 처음해 보는 '정치 행위'에 무거운 책임감을 느끼며 일했고, 나름 정당의 공천과정에 대한 전반적인 이해에도 도움이 되었다. 그들이 국민의 기대에 부응하기를 기대해 본다.

/ 정치가 사라지고 있다

내가 생각하는 '정치'라고 하는 것은 결국 법으로 해결하지 못하는 영역, 또는 시스템 내에서 도저히 풀리지 않는 문제들을 풀어내는 것이다. 그런 의미에서 보면 지금 우리나라에는 정치가 제 역할을 하고 있다고 말하기는 어려울 것 같다. 정치가 실종된 상황이라고 평가를 할 수 있겠다. 정치의 낭만도, 정치의 묘도 없어졌다. 이유는 간단하다. 그만큼 신뢰 자체가 없는 것이다. 진영을 달리하면 서로를 믿지 못하기 때문에 어떤 이야기도 나눌 수가 없는 것이다. 오히려 서로가 정치적으로 출발할 수가 없는 상황이 벌어지고 있다. 나는 이 문제를 해결하지 않으면 상황이 점점 심각해질 수 있다고 생각한다. 모든 것을 법으로 해결할 수는 없기 때문이다.

사람이 살아가는 일에는 '그레이의 영역'이라는 것이 있기 마련이다. 법으로서 해결하지 못하는 부분들인데 그런 문제들은 큰 틀에서 정치력을 발휘해서 풀어야 하는 부분이다. 어느 순간부터 그게 완전히 사라졌다. 그로 인해 이렇게 극단적인 갈등의 상황이 지속되고 있는 것이다. 이는 고스란히 국가의 비용이 되고, 결국 국민의 부담으로 돌아가게 된다. 이제 정치에 발을 내딛는 입장에서 미력하지만, 이를 해결하는데 조금이라도 보탬이 되고 싶은 바람이다.

✏ 상대방의 입장을 이해하려는 노력

'세상엔 흑과 백만 있는 것이 아니다. 어쩌면 우리가 살아가는 복잡한 삶에는 그레이의 영역이 더 많을지도 모른다.' 나는 이 말에 동의한다. 세상 일에는 흑과 백, 선과 악, 옳고 그름으로 나눌 수 없는 분명하지 않은 영역, 즉 그레이의 영역이 존재한다. 이를 인정할 필요가 있다고 생각한다.

언젠가 개인적으로 만난 변호사 한 분이 '사실 법조인들이 법대를 다닐 때부터 법률 몇 조를 어떻게 해석하는 게 통설, 판례이고, 소수의 견해로는 이런 것이 있다는 해석론에 길들여져 있습니다. 그래서 법률가가 되고서도 어떤 상황을 굉장히 명확하게 이해하게 됩니다. 법이 이렇게 말하고 있으니 그에 따라 이렇게 가야 한다는 것이죠. 하지만, 변호사로 일하면서 겪은 사람이나 사건들은 사실 그렇게 명확하게 해석이 되지 않습니다. 의뢰인들 중에 특히 사회적 약자라고 할 수 있는 분들이나 소수자들은 주류의 언어만으로는 포괄되지 않는 삶을 살아가고 있거든요. 그래서 계속해서 공부를 하게 됩니다. 문학이나 사회과학, 그리고 인문학과 정치학까지 말이죠. 그렇게 제 영역 바깥의 언어들을 보면서 우리 사회에 이렇게 다양한 언어들이 있다는 생각을 하고는 합니다.'라는 이야기를 했는데 아주 인상적이었다.

그레이의 영역이나 다양성을 스스로 인정하게 되면, 무엇보다 상대방의 입장을 이해하려고 노력할 수밖에 없다. 그렇게 해서 상황을 조금이라도 더 이해하게 되면 많은 것이 달라질 수 있다. 불만이 사라지지는 않지만, 조금은 줄어들게 된다. 그러면 다른 대안을 협상할 수 있는 여지가 생기는 것이다.

나는 평생을 군인으로 살았다. 하지만, '정치력'이나 '정치적 감각'을 부정적인 것으로 생각하지는 않는다. 소규모의 친목단체를 논외로 한다면, 오히려 조직을 이끌기 위해서는 정치적 감각이나 정무적 감각이 필수라고 생각하는 쪽에 가깝다. 이런 유연한 생각이 없다면, 조직은 갈등과 반목으로 와해되고 말 것이다.

국가 조직이 반드시 지켜야 하는 제도와 규정에도 그레이의 영역은 있기 마련이다. 정치권이나 우리 사회가 그 부분에 대해 판단을 내릴 때에도 정치적 감각이나 정무적 감각은 반드시 필요하다. 물론 이를 자의적으로 해석해서는 안 되겠지만, 필요성 자체를 부정하는 것은 문제가 있다. 흔히들 '인맥'이라고 하는 네트워크도 마찬가지이다. 네트워크가 정도를 넘어서 유착이나 카르텔로 이어지는 것은 문제가 되지만, 그렇다고 해서 불필요하다는 주장에는 동의하기가 어렵다. 나는 정치적 감각이나 정무적 감각, 그리고 네트워크를 동원하는 것에 대해 어느 정도는 불가피한 것으로 이해하고 있다. 물론 그것이 하나의 미덕인 것처럼 이해하는 것에도 문제가 있다. 하지만, 지금처럼 아무것도 작동하지도 발휘되지도 못하는 상황은 더욱 심각해 보인다.

기획과 전략으로
만드는
영주의 미래

intro

뉴욕은 오늘날 세계 최고의 도시다. 지금으로서는 상상도 되지 않지만, 불과 100년 전인 20세기 초까지도 뉴욕의 주요 교통수단은 마차였다. 당시 뉴욕의 골칫거리는 말의 배설물과 건초였다고 한다. 뉴욕의 거리에 아무렇게나 방치되어 있는 엄청난 양의 말 배설물을 처리하는 일과 말들이 먹어야 할 건초를 확보하고 이를 관리하는 일이 쉽지 않았기 때문이다. 뉴욕의 교통정책을 담당하는 사람들에게는 이 문제를 해결하는 것이 당면한 과제였다.

다임러(Gottlieb Daimler)와 벤츠(Karl Benz)가 자동차를 발명한 것이 1886년이고, 시카고 세계박람회에 전시된 벤츠 자동차가 미국인들의 관심을 끌었던 것이 1893년, 그리고 자동차 왕이라는 헨리 포드가 '포드 1호'를 완성하고 시운전까지 했던 것이 1896년이었다는 사실을 고려한다면, 뉴욕의 교통 정책 담당자들에게 자동차는 마차 때문에 발생하는 문제를 단번에 해결할 수 있는 '만능열쇠'처럼 보였을 것이다.

하지만, 그들은 손쉬운 해결책만을 선택하지 않았다. 그들은 '마차의 시대' 다음에 올 '자동차의 시대'를 넘어 '지하철(subway)의 시대'를 예견했고 이를 준비했다. 말의 배설물과 건초의 확보와 관리가 당면한 문제일 때, 그들은 지하철을 설계했으며 실제로 지하철 공사를 진행하고 있었다. 어떻게 이런 일이 가능했을까?

나는 이것을 '기획과 전략. 그리고 비전'의 문제라고 생각하고 있다. 물론 기획을 하는 단계에서는 완전한 성공도 완전한 실패도 존재하지 않는다. 모든 사람이 성공을 예상하는 일에서도 실패의 가능성을 찾아낼 수 있고, 모두가 실패한다고 생각해서 검토조차 하지 않는 일에서도 성공의 가능성을 찾아내는 것이 기획자, 또는 전략가의 시선이다. 그리하여 성공과 실패, 가능과 불가능을 동시에 검토하고 이를 판단할 수 있는 것이 기획자와 전략가가 갖는 권리라고 할 수 있다. 하지만, 그 권리에 따른 책임을 지는 것도 피할 수 없는 일이다. 하나의 사안이나 프로젝트를 넘어 인간이 만든 사회나 제도를 살펴보는 것에서부터 인간 개개인의 성향을 파악하는 것, 그리고 자신이 소속된 집단의 미래를 그려보는 것까지 기획자의 시선이 머물지 않는 곳은 없다. 특히, 기획자와 전략가가 가장 흥미로워 하는 것은 해답이 없는 질문에 도전하는 것이다. 해답이 있는 질문에 답하는 것은 '내'가 아니라도 할 수 있는 일이기 때문이다.

영주의 산재된 '자원'을 연계해야 한다

영주는 소백산 국립공원이라는 청정한 자연 관광자원은 물론이고 귀중한 역사적, 문화적 유산까지도 함께 갖추고 있는 지역이다. 경상북도에서도 북부지역의 교통요지인 영주를 관광도시로 발전시킬 계획을 가지고 있다. 영주가 그만큼 관광도시로의 발전가능성이 높다는 것이다.

경북 북부 내륙지역에 최고의 철도교통 시설을 갖춘 영주에는 역사적, 문화적 유산과 함께 자연 속에서 휴식과 힐링이 가능하다는 점을 내세워 관광과 산업 발전의 기회로 적극 활용할 필요가 있다. 매력적인 관광 자원과 잘 구비된 관광 인프라, 그리고 교통의 허브라는 경쟁력을 갖춘 영주가 국내 최고의 관광도시로 거듭나기 위해서는 기존의 인프라를 '연계'해서 활용하는 전략이 필요하다.

2021년 서울에서 영주를 잇는 중앙선 'KTX-이음'이 개통되면서 청량리에서 영주까지는 불과 1시간 40분이면 도착할 수 있게 되었다. 중앙선 KTX-이음의 2023년 연말부터 서울역까지 연장될 예정이다. 이를 잘 활용한 '원데이 투어' 상품의 개발과 더불어 이를 체류형 관광으로 발전시킬 수 있는 연계 프로그램의 발굴과 개발이 필요하다. 특히, 영주의 역사와 문화, 그리고 내륙지역 특유의 자연 지리적 매력을 부각할 수 있는 테마형 관광 상품을 개발할 필요가 있다. 또한 KTX-이음과 '선비콜'이라는 택시를 연계한 새로운 개념의 프로그램을 활성화할 필요도 있다. 이를 위해서는 온, 오프라인 공동 마케팅을 통해 관광지를 적극 홍보하여 실질적인 관광유입을 꾀할 필요가 있다.

유네스코 세계유산인 영주 부석사와 소수서원, 소백산 숲 속에서 체험하는 자연치유 프로그램, 그리고 영주의 특산품인 한우, 인삼, 사과 등을 이용한 메뉴를 발전시키고 있는 식치원 등을 잘 연계한다면, 역사 문화 체험과 힐링, 그리고 먹거리 투어까지 포함된 영주만의 독특한 매력이 담긴 여행상품이 될 것이다. 이를 통해 많은 사람들이 영주 지역의 관광객으로 흡수되고 관련 관광산업 투자유치가 활성화되면 영주 지역의 상생발전은 물론, 나아가 영주가 국내 최고의 관광도시로 발돋움하는 데에도 도움이 될 것이다. 해외 관광객들이 자연스럽게 영주를 찾을 수 있는 영주만의 특화된 'only 영주' 콘텐츠를 개발할 필요가 있다.

지속 가능한 관광산업을 위하여

영주시에서는 구도심 활성화를 위해 증강현실(AR) 개발을 추진 중이고, 또한 영주댐 수변 생태자원화단지 조성사업도 진행 중이다. 생태자원화단지와 연계된 관광자원, 관광 상품 등을 구체화하기 위해서는 어떤 방법으로 추진해야 되는지에 대한 고민이 필요하다. 이와 관련해서 현실적이고 실행 가능한 사업 발굴 및 개발에 나서고 관광자원 개발 및 상품화와 관련해서도 선별하여 중점 추진할 필요가 있다. '벤치마킹' 등을 통해서 사업을 유치하는 것은 타 지역에 유사한 관광 콘텐츠들이 난립하여 특이성이 떨어질 뿐만 아니라, 다른 곳에서 잘되는 사업이 영주에서도 반드시 잘 된다는 보장이 없기 때문이다. 무엇보다 사업성에 대한 고민과 함께 각종 규제로부터 자유롭지 못한 부분은 없는지, 실제 추진 과정에서 부딪히게될 어려움에 대해서도 다각적인 검토가 필요해 보인다.

그리고 대상이 되는 지역의 모든 사업을 한꺼번에 추진하는 것보다는 실제로 즉시 진행 가능한 사업과 보다 면밀한 조사와 계획이 필요한 사업을 분류하고 선택해서 연도별 계획에 따라 차근차근 시행해야 영주의 관광산업 활성화라는 본래의 목적을 달성할 수 있을 것이다. 이렇게 해서 산재해 있는 역사, 문화, 자연 관광자원과 함께 체계적인 연계를 통해 지속 가능한 관광산업의 토대를 마련해야 한다. 이것이 우리의 다음 세대들도 향유할 수 있는 관광지 영주를 위한 첫 걸음이 될 것이다.

쉽게 접근할 수 있는 플랫폼 구축

관광객이 영주에서 마련한 프로젝트에 쉽게 접근할 수 있는 플랫폼을 개발하고 유통채널을 구축해야 한다. 집중적이고 효율적인 홍보가 이뤄져야 한다. 이전에도 실시했던 '팸투어' 등을 통해 보고 느끼는 것에 더해 직접 체험하고 평가할 수 있는 기회도 확대해 시행할 필요가 있다. 지역의 발전을 위한 자구책을 찾기 위해서는 지자체에서도 강도 높은 고민과 다양한 시도가 필요하다.

하지만, 지자체가 노력해야 하는 부분이 있고 중앙 정부의 조력을 필요로 하는 부분이 있다. 다른 나라의 사례를 보더라도 중앙 정부의 역할은 분명히 필요하다. 직접적인 재정 지원보다는 관광 산업을 위한 기반과 환경을 조성해주는 방향으로 중앙정부의 역할도 일정 정도의 조정이 필요해 보인다.

대표적인 예가 플랫폼의 구축이다. 관광지에 대한 정보는 항상 바뀔 수 있다. 중앙정부에서 플랫폼을 구축하더라도 사후 관리가 미흡해서 사용되지 못하고 그대로 방치되는 경우가 많다. 이를 방지하기 위해서는 지자체가 플랫폼에 다양한 정보를 입력하고 수정할 수 있는 방식이 필요하다. 업데이트 되지 않는 정보는 시간이 지나면서 활용도가 떨어질 것이기 때문이다. 정보의 집적이 새로운 수요 창출로 이어지는 것 역시 중앙정부의 역할이 필요한 부분이다. 그런 플랫폼을 구축할 수 있다면 모니터링도 용이하다. 영문 등 언어적 지원까지 갖춘다면 해외 관광객 유치에도 도움이 되는 훌륭한 도구가 될 수 있을 것이다.

스토리텔링을 발굴하라

관심을 끄는 도시나 건물의 공통점은 누군가가 공간의 가치를 고민하고 거기에 스토리텔링을 더해 사람들이 찾아올 이유를 만들어준다는 것이다. 오래된 폐가나 폐건물을 '재생'한다고 해서 그곳에 무조건 사람들이 모이는 것은 아니다. 핵심은 그 공간에 새로운 의미를 더해 역사, 또는 스토리가 생성되는 과정이다. 역사적 의미를 지닌 도시라고 하더라도 건축물 자체는 하나의 '사물'일 뿐이다. 사물에 불과한 건축물에 사연이

나 '사건'이 담겨질 때 비로소 그 건축물은 사람들의 관심을 끌고 가치를 지니게 된다. 사연이나 사건을 담지 않은 건물이나 유적이 사람들의 관심을 끌고 시선을 모으는 것은 없다. 이를 증명하는 것이 '딜쿠샤(Dilkusha)'라는 건물이다.

세상 사람들의 눈길을 끌지 못했던 폐가였고, 또한 무단 점거된 주인도 없던 건물 딜쿠샤는 한순간에 등록문화재로 바뀌었고 사람들의 호기심 어린 시선을 모았다. 페르시아 어로 '기쁜 마음'이라는 의미를 가진 딜쿠샤는 1923년 AP 통신사의 기자이자 사업가였던 앨버트 테일러가 지은 집으로 1942년 추방될 때까지 이곳에서 살았다. 그래서 '앨버트 테일러 가옥'이라고 불린다.

통신사 기자였던 앨버트 테일러는 고종의 국장, 3.1운동, 제암리 학살사건, 독립운동가의 재판 등을 취재했고 이를 전 세계에 알렸다. 결국 조선총독부는 1942년 그와 가족을 강제 추방시키기로 결정했다. 1942년 테일러 부부가 미국으로 추방된 후, 딜쿠샤는 폐가처럼 버려져 있었다. 하지만, 2006년 앨버트 테일러의 아들 브루스 테일러가 딜쿠샤를 다시 찾아 자신이 어린 시절을 보낸 곳이라고 말하면서 그 존재가 다시 조명되기 시작했다. 브루스 테일러가 전한 아버지 앨버트 테일러의 소식에 사람들이 관심을 가졌기 때문이다.

브루스 테일러에 따르면 아버지인 앨버트 테일러는 강제 추방으로 쫓겨난 다음에도 한국으로 돌아오려고 노력했다. 하지만 돌아오지 못했고 1948년에 사망했다. 그런데 앨버트 테일러의 유해가 양화진 외국인 묘지에 모셔져 있다는 것이었다. 한국 독립 운동을 세상에 알린 외국인 기자의 이야기는 흥미롭고 감동적인 데가 있었다. 하지만, 그것뿐이었다면 어쩌면 딜쿠샤는 잊혔을지도 모른다.

하지만, 여기에 다시 이야기가 이어졌다. 1919년 2월 28일 서울에서 태어난 브루스 테일러가 한국을 고향으로 여기고 있었으며 딜쿠샤를 찾기 위해 일제 강점 시대의 주소를 가지고 딜쿠샤를 찾다보니 2개월이 걸렸다는 이야기, 과거에 그의 아버지가 독립운동을 세계에 알리다가 강제로 추방당했으며 한국을 그리워하다가 결국 한국에 묻혀 있다는 이야기가 더해졌다. 그리고 여기에 역사적인 의미가 더해졌고, 이후에 브루스 테일러가 자신의 부모님인 앨버트 테일러 부부의 사진과 유품을 기증했다. 이에 정부에서는 이 건물을 등록문화재로 지정하고 복원에 나서게 되었다.

버려져 있던 딜쿠샤가 등록문화재로 지정되고 사람들의 시선을 모을 수 있었던 이유는 한 마디로 '이야기' 때문이다. 이처럼 건축물에 스토리를 입히기도 하고, 때로는 스토리를 만들기도 한다. 또한, 현재 남겨진 유산에 대한 의미를 찾아가는 과정 자체가 하나의 스토리가 되기도 한다. '스토리'는 여러 가지 의미로 받아들여지지만, 결국 우리의 삶과 연결된 맥락이라는 것에서 탄생한다. 그 속에서 공감을 끌어내거나 유대감을 형성하게 되면 비로소 성공한 스토리가 된다. 억지로 스토리를 만들 수도 있겠지만, 그럴 필요는 없다. 우리가 아직 알지 못하는 스토리에서 새로운 가치를 발견할 수 있다는 것을 아는 것으로 충분하기 때문이다.

그곳을 방문해야 하는 이유를 만들어라

모든 것이 온라인으로 가능해지면, 오프라인에서의 만남은 반드시 그곳에 가야만 하는 이유가 필요하다. 사람들은 무언가 독특한 경험이나 즐거움을 원한다. 단순히 정보 전달하는 것이나 상품의 판매는 온라인으로 대체되었다. 더 이상은 지금과 같은 방식의 접근법만으로는 생존할 수 없는 이유이다. 결국 정형화되지 않은 공간에서의 낯선 경험은 오프라인만의 차별화 요인이 되어 사람들을 불러 모은다.

어떤 장소가 '핫 플레이스'로 각광을 받는다면, 그것은 결코 접근의 편리함이나 비용의 저렴함 때문은 아닐 것이다. '핫 플레이스'들 중에는 오히려 불편하고, 비용도 싸지 않으며, 접근이 용이하지 않은 곳도 많다. 하지만, 이런 공간이 빛나는 이유는 '공간' 그 자체가 사람들에게 독특한 체험을 제공하기 때문이다. 그러므로 공간의 '오리지널리티', 즉 본질적 가치를 드러내고 노출할 수 있어야 한다. 특히 온라인으로 모든 것이 가능한 시대에 누구도 단순한 구경거리나 정보의 수집을 위해 여행이나 방문을 계획하지는 않는다. 온라인이 아니라 오프라인 장소에 와야만 하는 이유, 그 이유가 공간에 있어야 하고 그 이유를 명확하게 전달할 수 있어야 한다. 그것은 단순히 하나의 도시일 수도 있고, 그 도시에 있는 특정한 장소일 수도 있으며, 그곳에 있는 독특한 콘텐츠일 수도 있다. 한 가지 분명한 것은 사람들이 그것을 실제로 체험하고 싶어 하기 때문에 장소보다는 그들의 '경험'에 집중할 필요가 있다. 그러므로 사람들을 그곳으로 끌어들이는 방법은 분명하다. 그곳이 아니면 할 수 없는 독특한 경험을 할 수 있도록 만들면 된다.

핵심은 콘텐츠의 '연결'이다

《콘텐츠의 미래》의 저자 바라트 아난드는 콘텐츠의 힘을 믿지 말고 '연결'의 힘을 믿으라고 말한다. 단순히 좋은 콘텐트를 만드는 것만으로는 충분하지 않으며, 그 대신 연결과 네트워크의 중요성 즉, 어떻게 그 콘텐츠가 분배되고 공유되는지, 어떻게 다른 콘텐츠나 사용자와 상호작용하는지가 더 중요하다는 것이다.

그러므로 우리는 단순히 '인삼 축제'나 '무섬마을 축제'와 같은 행사를 기획하고 진행하는 것에서 벗어나 디지털 네이티브인 'Z세대'의 관심을 유도할 수 있는 콘텐츠를 만들고 콘텐츠가 디지털 미디어를 통해 공유되고 확산되어, 다시 사람들이 그곳으로 유입되는 선순환의 구조를 만들어내야 한다. 한마디로 영주와 봉화, 그리고 영양과 울진이라는 도시의 미래는 축제 자체를 기획하는 것이 아니라, 그 축제를 통해 관람객들이 디지털 미디어와 연결되는 경험을 제공하는 것에 달려 있다고 해도 결코 지나친 말은 아닐 것이다.

'인스타 워시(Insta-worthy)'라는 말이 있다. 인스타그램에 올릴 만한 가치가 있는 동영상 같은 콘텐츠를 말한다. Z세대들은 인스타그램에 올릴 만한 가치가 있는가를 기준으로 소비를 결정한다는 것이다. 구매하기 힘든 옷이나 액세서리, 그리고 잘 알려진 명소, 심지어 플레이팅이 잘 되어 있는 음식까지도 인스타 워시 콘텐츠라고 볼 수 있다. '인스타 워시'해지기 위해서는 사람들이 사진을 찍고 이를 'SNS에 올릴만한 가치'가 있어야 한다. 인스타그램 유저들은 '나는 이런 곳을 다닌다.', '이런 음식을 먹는다.', '이런 것들을 소비한다.', '나는 힙하다!'라는 이미지로 자기를 표현하고 싶어 하는 것이다. 콘텐츠들이 인스타그램에 자주 업로드되면 자연스럽게 입소문을 타고, 이는 곧 마케팅으로 연결되기 때문에 그 콘텐츠의 가치가 상승하는 것이다.

그런 의미에서 부석사와 소수서원은 Z세대들의 '핫 플레이스'는 아니다. 인스타그램에서 '#부석사'는 5만 3,000개, '#소수서원'은 1만 9,000개가 검색되는 반면, 그들의 트렌드를 주도하는 공간인 '#가로수길'은 769만 개가 검색된다. 2023년 초에 개장했던 예산시장만 해도 '#예산시장'의 게시물이 2만 1,000개에 이른다. 물론 가로수길이나 예산시장과 부석사, 소수서원을 비교하는 것이 좀 억지스러운 면이 있지만, 우리가 놓치고 있는 것이 무엇인지는 분명하게 알 수 있을 것이다.

영주, 그리고 부석사와 소수서원이 아직은 체험을 통한 즐거운 경험을 제공하지도 Z세대들이 '자기'를 표현하고 싶은 욕구를 충족시키지도 못한다는 것이다. 콘텐츠와 함께 콘텐츠의 연결 역시 중요하다는 사실을 기억하고 이를 적극적적으로 활용할 수 있는 방안에 대해서도 고민할 필요가 있어 보인다.

방문객의 '체류시간을 늘리는' 콘텐츠

롯데월드타워나 스타필드 등의 복합시설은 시설 자체가 콘텐츠와 결합된 형태라고 할 수 있다. 왜냐하면, 이들 시설은 모두 고객들의 체류시간을 늘림으로써 수익을 극대화할 수 있도록 기획된 장소들이기 때문이다. 일반적으로 리조트나 테마파크, 그리고 대형쇼핑몰은 형태는 제각각이지만 수입구조는 거의 동일하다. 방문객들을 유입시키고, 이들을 오랜 시간 동안 '체류'시켜서 지출을 유도하고 이를 통해 수익을 극대화하는 것이다. 그들이 구사하고 있는 전략은 단순하다. 그들은 여러 가지 이벤트를 통해 매력적인 콘텐츠를 제공한다. 매력적인 콘텐츠는 방문객들을 리조트나 테마파크, 그리고 대형쇼핑몰에 묶어두는 역할을 함으로써 지출을 극대화시키는 것이다. 결국 핵심은 방문객의 수 보다는 방문객들의 '체류시간'을 늘리는 것이다. 사람들이 오래 머물도록 만들기 위해 어떻게 이벤트를 기획하고 콘텐츠를 만들어내는가에 이들 시설의 승패가 달려있다는 말이다. 리조트나 테마파크, 그리고 대형쇼핑몰의 전략은 도시 마케팅 전략에도 적용될 수 있다.

오늘날 도시는 사람들을 끌어들여 활기가 넘치기를 원하지만 그 목표를 달성하는 곳은 그리 많지 않다. 대부분은 도시 마케팅을 위해 온라인과 오프라인에 광고를 하고, 번듯한 시설물, 즉 대형공원이나 테마파크를 건설한 다음 연간 방문객이 몇 십만, 혹은 몇 백만 명이라는 것을 실적으로 내세운다. 하지만, 실제로 도시를 활성화시키는 것은 대형시설물의 유치나 다녀간 방문객의 숫자가 아니라 방문들이 얼마나 오래 머물렀는가이다.

방문객의 숫자는 당연히 중요하다. 하지만, 방문한 고객들의 체류시간을 최대한 늘려 모든 지출을 그 공간 내에서 할 수 있게 만드는 것이 더욱 중요하다. 다시 말해서 우리가 고민해야 할 일은 '어떻게 대형시설을 유치할 것인가.'를 넘어 '어떻게 방문객의 체류시간을 늘리는 콘텐츠를 만들 것인가.'이어야 한다는 것이다.

'전통'이라는 유산을 어떻게 갈무리할 것인가?

상상을 통해 시간을 거슬러가는 경험과 가상현실을 탐험하는 것은 기본적으로 거의 유사한 감각적 체험이다. 동일한 물리적 시간과 공간 위에서 수백 년 전의 사람들의 생활과 생각을 펼쳐보는 일은 단지 재미와 흥미를 넘어 역사적 사건이나 현재에 대한 통찰의 계기가 되기도 한다.

영주와 봉화, 그리고 영양과 울진이 요즘의 트렌드만 좇아서 변화하는 것은 쉬운 일 아니다. 하지만, 이들 도시는 트렌디한 도시들이 갖지 못한 매력이 있다. 이 도시들에는 유행을 따라가지는 못했지만, 오랜 세월의 흔적들이 군데군데 남아 세월의 멋이 더해져 있기 때문이다. 이들 도시만의 특징이라고 할 수 있을 것이다. 어디나 수십 년이 넘은 나무가 만들어낸 그늘은 도시의 중심에서부터 외곽의 한적한 동네 곳곳에서 휴식처가 되고 있다. 가끔은 소란스러운 활기가 그립기도 하지만, 도시 전체를 흐르는 세월의 운치를 즐기다 보면 마음의 안정을 찾을 수도 있다. 이를 콘텐츠 개발에 활용할 필요가 있다.

영주와 봉화, 그리고 영양과 울진의 사람들은 한국식 삶의 방식과 전통이 스며든 도시의 전통을 지켜나간다는 초심을 세대를 거듭해 관철시켜 왔다. 가족적 분위기가 충만한 '한국적이고 전통적인 도시'의 이미지는 이곳 사람들의 머릿속에서 결코 퇴색하지 않았다. 구성원 사이의 유대관계, 신뢰관계가 잘 구현된 사례들이 곳곳에서 목격된다. 나를 비롯해 내가 만났던 많은 사람들은 이런 정신과 문화, 일면 토착성과 특수성으로 취급되는 전통이 오히려 '글로벌 스탠더드'와 보편성의 세계에 속하는 도시 발전의 걸림돌이 아니라 긍정적으로 작용하리라 믿고 있다. 우리의 현대사에서 선진제도를 이식한 후에 일어나는 역삼투압이 어떤 부작용을 낳고 실패했는지 수없이 목격해 왔기 때문이다.

우리는 인간애를 중시하는 전통이 사라지지 않고 잘 보존되는 시스템을 만들고, 효율성과 인간미가 살아 숨 쉬는 도시라는 전통을 가꿔나갈 필요가 있다. 더욱 가속화되는 경쟁에서 그만한 미래 성장전략도 없다. 그럼에도 불구하고 영주라는 도시에 남겨진 오랜 세월의 흔적들은 어쩔 수 없지만, 낡은 것이 되지 않기 위한 노력은 필요해 보인다. 겉모습은 물론 이 도시가 가지고 있는 본질적인 가치까지도 낡은 것이 되지 않기 위한 노력은 반드시 필요하다는 말이다.

누가 뭐라고 해도 세월이 쌓여 만든 역사가 고스란히 남아 있다는 것은 소중한 일이다. 이 도시가 낡지 않도록 다듬고 새로운 트렌드와 함께 공존할 수 있도록 변화시켜 나가는 것이 지금 우리가 해야 할 일이 아닐까 생각한다.

스토리텔링,
영주는 '선비의 고장'이다

　아직 제대로 이야기를 발굴하지 못해서 사람들에게 알려지지 않은 건축물이나 유적 등은 얼마든지 있을 것이다. 특히, 영주처럼 오래된 역사를 지니고 있을 뿐만 아니라, 고택 등 역사적인 유물이 잘 보존되고 있는 곳이라면 그 가능성은 아주 높아진다. 그런 면에서 영주는 어쩌면 발굴되지 않은 스토리의 광맥이라고 할 수 있다. 영주에서도 오래된 건축물이나 유적과 유물에서 잊혔던 이야기를 발굴해 제2, 제3의 딜쿠샤를 찾는 작업이 필요하다. 건축물 자체가 지닌 의미 외에도 역사적이고 사회적인 의미를 따져

보는 일은 그래서 필요해 보인다. 그렇다면 영주에서는 어떤 스토리텔링이 가능할까?

소수서원, 조선 유교문화의 기반이 마련된 곳

영주를 흔히 '선비의 고장'이라고 말한다. 실제로 영주는 조선왕조 500년 동안의 통치이념이었던 성리학을 정립한 문성공 안향과 조선의 통치시스템을 만든 삼봉 정도전의 고향이기도 하다. 또한, 우리나라 최초의 사액 서원인 소수서원이 있는 유서 깊은 고장이다.

특히 소수서원은 1542년 풍기군수였던 주세붕이 고려에 최초로 성리학을 도입한 안향을 기리기 위해 안향이 어린 시절에 공부했던 숙수사(宿水寺) 터에 사당인 문성공묘(文成公廟)를 세운 것에서 출발한다. 이듬해에 유생들을 교육시키기 위한 백운동서원을 설립했다. 백운동서원은 처음 설립될 당시에 큰 호응을 받지 못했다.

하지만, 1548년 풍기군수로 부임한 퇴계 이황이 백운동서원에 대한 사액을 요구하면서 바뀌게 된다. 이황은 사액을 통해 서원에 대한 조정의 공인과 사회적 권위를 확보하려 했다. 이에 명종은 직접 쓴 '소수서원'이라는 어필 현판과 함께 노비와 토지,《사서오경》

소수서원

과 《성리대전》 등의 서적을 하사했다. 이것이 오늘날 우리나라 최초의 사액 서원인 소수서원의 기원이다. 이러한 가치 덕분에 소수서원은 조선 후기 흥선대원군의 서원철폐령에도 그 명맥을 유지할 수 있었다.

최초의 사액 서원인 소수서원 때문에 영주가 선비의 도시가 된 것은 아닐 것이다. 우리나라 성리학의 시조라 할 수 있는 안향의 고향이 영주인 것은 맞지만, 단지 그 때문에 성리학이 조선 통치의 이념이 된 것은 아니라는 말이다. 그렇다면, 다른 이유가 있을 것이다. 이야기를 조금만 더 거슬러 올라가 보자.

역사적으로는 몽골의 후예인 원나라가 무너지고 홍건적이 등장해 고려를 침략했다. 당시 공민왕은 개경을 떠나 피난길에 올랐는데 피난처로 정한 곳이 '복주', 즉 오늘날의 안동이었다. 이를 계기로 공민왕이 개경으로 복귀한 후에 안동과 인근 지역의 문신들이 대거 중앙 정계로 진출하게 되었다. 이들이 바로 고려 말에 신진무신 세력과 함께 등장했던 신진관료들이었다. 지방의 중소 지주 출신인 이들은 유학을 토대하는 새로운 국가, 즉 조선이라는 국가의 중추세력이 되었다. 이런 배경 속에서 조선시대에는 이 지역에 유교문화가 더욱 단단히 뿌리내릴 수 있었다.

영주가 '선비의 고장'인 이유 1 - 충절

'전경'과 '후경'이라는 것이 있다. 이를 사진이나 그림으로 비유하면 어떤 사물의 가치는 어떤 배경에 놓이느냐에 따라 달라질 수 있다는 것이다. 즉, 동일한 인물, 혹은 동일한 사건이라도 맥락에 따라서 다르게 평가될 수 있다는 것이다.

선비는 공동체를 위해 공동선을 추구하는 엘리트 집단이다. 오늘날 우리는 선비라고 하면 단아하게 앉아 책을 읽는 모습을 떠올리거나 타협할 줄 모르고 자신의 주장만 고집하는 고루한 인물을 생각할 수도 있다. 그래서 우리는 선비정신을 고루하다고 백안시하고, 조선이라는 나라가 잘못된 이유를 선비들의 당파싸움에서 찾기도 한다. 그러나 이는 선비정신과 선비에 대한 편견일 수 있다. 왜냐하면, 선비의 실제 모습은 이와는 완전히 다를 수도 있기 때문이다. 일본이 침략했던 임진왜란을 승리로 이끌었던 세력이나 거대한 대륙의 패권에 저항했던 세력에도 선비가 있으며, 선비가 앞장서서 조직한 의병들이 백척간두에 선 나라를 구했던 일이나 국권회복을 주도했던 독립투사들도 선비정신으로 무장한 이들이 있었다.

무엇보다 선비는 자신이 배운 것을 가르치고, 실천하는 도덕적 용기가 있는 이들이었다. 바로 영주에서 이런 이들의 모습을 찾을 수 있다. 바로 금성대군의 '단종복위 운동'이라고 알려진 '정축지변(丁丑之變)'이라는 사건을 통해서이다. 정축지변은 한 사람이나 한 마을이 아니라, '도시' 하나가 배운 것을 그대로 실천했던 사건이었다. 이런 영주가 선비의 고장이 된 것은 어쩌면 당연한 일일 것이다.

/ '피끝 마을'과 압각수 은행나무

영주시 순흥면 압각수 은행나무는 조선 500년 역사에서 가장 비극적인 사건이라는 '단종애사'와 관련된 사연을 간직하고 있는 나무이다. 1453년 계유정난이 일어나고 수양대군은 조카인 단종을 상왕으로 몰아내고 왕위를 찬탈했다. 이에 세종대왕의 아들이며, 수양대군의 동생인 금성대군은 사육신들의 단종복위 운동에 연루되어 유배지를 떠돌게 되었다. 그리고 마침내 순흥도호부(오늘날의 영주)에 위리안치 되었다. 앞서 말한 것처럼 순흥은 이곳 출신의 안향이 성리학을 일으킨 곳으로 선비들의 충절 정신이 살아있는 곳이었다. 금성대군은 1457년 순흥부사 이보흠과 순흥 사람들의 호응으로 단종을 복위시키려는 거사를 시도하다가 고변으로 실패를 하고 말았다. 이에 세조는 단종복위 운동이 일어난 지역인 순흥을 역모의 땅이라고 하면서 '순흥'이라는 지명을 자체를 지워버렸다. 이 일은 단지 여기서 그치지 않고 단종복위에 동조했던 순흥의 선비들과 그 가족은 물론, 죄 없는 주민들까지 모두 척살한 것으로 전해진다. 이 사건이 '정축지변'이다.

지금도 영주시 안정면에는 그때 희생당했던 사람들의 피가 죽계천을 따라 10리를 흐르다가 비로소 멈춘 곳이라고 해서 이름 붙인 '피끝 마을'이 아직도 그 이름으로 불리고 있다. 그리고 오늘날 순흥 지역의 명물로 알려진 묵밥은 관군을 피해 산속으로 숨어든 사람들은 도토리나 메밀로 묵을 만들어 먹으며 연명했던 음식이라고 한다.

또한 당시의 관군들은 마을의 수호목인 압각수 은행나무에도 불을 질렀다. 이익의 《성호사설》에는 〈압각〉이라는 제목의 글이 기록되어 있다.

鴨脚復生順興復 (압각수가 다시 살아나면 순흥이 회복되고)
順興復魯山復位 (순흥이 회복되면 노산이 복위된다.)

이곳에는 불에 타 200년 동안 죽어 있던 은행나무 압각수가 단종과 금성대군, 그리고 안타깝게 순절한 선비들과 백성이 복원된 후에 살아났다는 이야기가 전해진다. 압각수는 현재 영주시 순흥면 내죽리 금성대군 신단 옆에 있는 은행나무를 말한다. 현재는 경상북도 보호수로 지정되어 있다.

한국유림독립운동 파리장서비

효와 충이라는 가치를 기본으로 삼고 있는 유학의 세계관을 추종하는 이들에게 일본의 침략과 만행은 지나칠 수 없는 일이었을 것이다. 봉화와 영주의 인근에 위치한 안동은 기초자치단체로는 우리나라에서 가장 많은 독립운동가를 배출한 곳으로 서울에 버금갈 정도이다.

하지만, 봉화와 영주도 이에 못지않았다. 1919년 한국유림은 일제의 침략을 폭로하고 독립을 호소하는 독립청원서(파리장서)를 파리에서 열린 세계만국평화회의에 제출했다. 이 사건은 당시 국내외적으로 큰 반향을 불러일으켰던 것으로 우리 독립운동사에 획기적인 사건이다 봉화읍 해저리 송록서원 앞에 있는 '한국유림독립운동 파리장서비'는 독립청원서에 서명한 137명의 유림 중 봉화 출신 9명의 공적을 기리기 위해 2014년 8월에 건립됐다. 다수의 독립 운동가들이 이 지역에서 배출된 것은 결코 우연이 아니다.

죽령옛길과 고치령

죽령옛길은 경북 영주시 풍기읍과 충북 단양군 대강면의 경계에 있는 고갯길로 문경새재, 추풍령과 더불어 영남과 충청도를 이어주는 3대 관문 중 하나였다. 죽령옛길은 희방사역에서 죽령루 (전면에는 죽령루, 후면에는 교남제일관)까지 이어진 숲길로 거의 2,000년에 가까운 역사를 자랑한다. 큰 고개라는 의미로 '대재'라 부르기도 하는 도솔봉(1,314m)과 연화봉(1,394m) 사이의 가장 낮은 산허리를 넘어가는 길로 1999년 영주시에서 2.5km 정도의 숲길을 조성해 산책로로 복원했다.

죽령은 고갯마루가 689m에 이르며, 경사와 굴곡이 심하여 철도 와 차도가 새로운 구간으로 형성되었기 때문에 훼손되지 않고 옛 모습을 보전할 수 있었다. 때 묻지 않은 대자연과 죽령 다자구 할 머니 설화, 기찻길을 따라 걷는 죽령옛길 등 볼거리가 풍성하다.

죽령 옛길의 명승지정은 옛길이 지니고 있는 역사, 문화적 가치 를 국가에서 인정한 것으로 옛길의 품격을 문화재, 국가유산으로 격상시킨 것을 의미한다. 국민의 문화의식이 매우 높아져 있는 현 시점에서 볼 때 옛길은 선조들의 발자취와 숨결을 고스란히 느낄 수 있도록 보존과 활용이 필요하다. 옛길 주변에 있는 자연 경승 은 물론 다양한 문화 경관과도 유기적으로 결합하여 이용할 수 있 는 프로그램을 만들 필요가 있다. 특히 주변에 직접적으로 관련되 어 있는 희방사역, 희방폭포, 도솔봉, 연화봉 등과 효율적으로 연 계하여 계획을 마련하는 것이 문화유산 활용의 측면에서 매우 중 요할 것이다.

이와 함께 금성대군의 단종복위 운동과 관련된 '고치령'도 의미 있는 고갯길이다. 영주시에서 단양군으로 넘어가는 고갯길은 크게 3개로 나뉜다고 한다. 첫 번째가 죽령이고, 그 동쪽 편에 고치령, 그리고 그 다음이 마구령이다. 영주시에서 발굴하고 개발한 길이 '죽령 옛길'이라면 아직 개발을 기다리는 길이 고치령이다. 이 고치령이 순흥에 유배되었던 금성대군의 밀사가 단종이 있던 영월 청령포까지 오가던 길이기 때문이다. 또한 고치령은 태백산과 소백산이 만나는 지점인 동시에 보부상들이 생업을 위해 넘었던 고개이기도 하다. 영주를 선비의 고장이자 충절의 고장이라고 했을 때, 압각수 은행나무와 피끝마을, 금성대군 위리안치지, 그리고 금성대군의 신위를 모신 서낭당과 함께 고치령이 들어갈 수도 있을 것이다. 소수서원의 역사에서 출발해 고치령에 이르는 일련의 흐름이 하나의 스토리가 될 수 있으며 연계를 통해 테마관광 프로그램으로 개발할 필요가 있다고 생각한다.

불교문화의 바탕 위에서 유교문화를 화려하게 꽃피우다

영주와 봉화, 그리고 영양과 울진은 지리적으로 태백산맥에서 나뉘어서 갈라진 소백산맥과 우리나라 4대 강 중 하나인 낙동강 유역에 자리 잡고 있다. 이곳은 높은 산맥으로 둘러싸인 내륙 분지의 형태여서 고구려와 백제, 그리고 신라 시대 때부터 다른 지역과의 교류가 어려웠다. 그래서 타 지역의 문화적 영향을 적게 받았겠지만, 동시에 한 번 자리 잡은 문화가 쉽게 바뀌지도 않았다. 그래서인지 경북 북부지역인 이곳에 대해 '불교문화의 바탕 위에서 양반 중심의 유교문화를 화려하게 꽃피운 곳'이라고 말한다.

부석사, 통일신라의 통치이념이 탄생한 곳

부석사는 대한민국의 역사학자, 건축하자, 미술사학자들이 뽑는 대한민국에서 가장 아름다운 사찰이다. 부석사는 신라를 대표하는 승려인 의상대사가 문무왕 16년이었던 676년 세운 화엄 10찰 중 한 곳으로, 이 절에는 국보가 5가지나 전해지고 있다.

의상대사는 원효대사와 함께 신라의 통일 즈음 활동했던 승려이다. 신라는 우리 역사상 최초의 통일국가였다. 하지만, 통일 후에는 백제와 고구려의 백성들을 아울러서 저항 없이 효과적으로 민족통합을 도모해야 했다. 그 과정에서 중요한 수단으로 이용된 것이 불교였다. 통일 직후 신라의 민심 수습에 불교가 중요한 역할을 했고, 이에 가장 크게 이바지했던 승려가 원효대사와 의상대사였다. 당나라로 유학을 가던 도중에 해골물을 마시고 신라로 돌아온 원효대사와 달리 의상대사는 당나라로 넘어가 유학을 마치고 신라로

부석사

귀국했다. 원효대사가 불교의 대중화에 힘썼다면, 의상대사는 불교 교리의 체계와 질서를 세우는 일에 힘썼다. 통일신라는 화엄 사상이라는 새로운 불교 사상을 통해 국가통치 이념을 확립하고 국가체제를 정비했다. 이로 인해 신라 불교의 주류가 된 화엄종은 왕실의 지지를 받았고 화려한 불교문화를 꽃피울 수 있었다. 화엄 사상을 전파하는 구심점이자 이를 토착화한 곳이 바로 영주와 봉화 지역이었다. 의상대사는 각 지역별로 10개의 사찰을 만드는데 이를 화엄 10찰이라 하며 대표적인 사찰이 영주의 부석사다. 최신 불교 사상인 화엄종에 기반을 둔 의상의 새로운 불교운동이 영주 부석사를 중심으로 안동 지역의 봉정사, 법흥사 등으로 직접 확산되면서 새로운 불교문화로 정착되었던 것이다.

▰ 영주가 '선비의 고장'인 이유 2 - 공감과 배려, 그리고 조화

화이부동(和而不同, 조화롭되 같지 않다.)이라는 말이 있다. '화'의 이치를 체득한 사람은 남과 맹목적으로 어울리려고 하는 것이 아니라, 자신의 도덕적인 원칙을 지키며 화합해 간다는 것인데, 결국 선비는 자신을 지키면서 다른 사람들과 조화를 이루어가는 사람이라는 의미인 것이다. 오늘날 벌어지고 있는 사회적 갈등의 대부분은 '나만이 옳고 다른 사람은 옳지 않다.'는 것에서 비롯된다.

자신이 옳다고 주장하기에 앞서 상대에 대한 공경의 마음이 필요한 것이다. 이처럼 선비정신은 다른 사람에 대한 공감과 배려를 기본으로 하기 때문에 그 바탕에는 더불어 살아가는 지혜를 담고 있다. 반목과 갈등으로 인해 야기된 오늘날과 같은 심각한 사회문제를 해결하는데 공감과 배려를 밑바탕에 깔고 있는 선비정신은 하나의 대안이 될 수도 있다고 생각한다.

이미, 앞에서 '전경'과 '후경'이 어떤 것의 가치는 어떤 배경에 놓이느냐에 따라 달라질 수 있다고 말했다. 나는 소수서원의 가치 역시 영주의 대표적인 불교 유산인 부석사와 함께 있을 때 평가가 달라질 것이라고 생각해 왔다. 그리고 이는 곧 영주라는 도시에 대한 평가에도 영향을 미칠 것이라고 생각한다. 영주를 표현하는 여러 가지 설명 중에 가장 대표적으로 인용되는 것이 '불교문화의 바탕 위에서 양반 중심의 유교문화를 화려하게 꽃피운 곳', '소수서원과 부석사의 도시'라는 것이다. 이렇게 말한다면 영주는 공감과 배려의 도시, 더불어 사는 지혜를 가진 도시로 자리매김할 수 있을 것이다.

먼저, 소수서원과 부석사는 '작은' 도시 영주에서 한반도 통일국가의 통치 이념이 탄생했다는 것을 알 수 있다. 더불어 이 도시에서 지난 조선 500년 동안 대립되는 '통치 이념'이 공존해 왔다는 사실도 알 수 있다. 이것이 오늘날 영주라는 도시의 정체성이 되고 있다고 말하고 싶다. 이제부터 살펴볼 '화산 이씨' 마을이나 6·25 전쟁 직후 북한에서 내려온 피난민들이 이곳에서 정착할 수 있었던 것도 그 바탕에는 이런 '공감과 배려, 그리고 조화'라는 선비정신의 일면이 면면히 이어져 왔기 때문일 것이다.

◢ 전란을 피해온 사람들이 정착한 도시 영주 - 이씨 마을

최근인 2023년 6월 베트남을 국빈 방문한 윤석열 대통령은 당시 'K-베트남 밸리' 조성을 위해 적극 협조하고 응원하겠다고 했다. 한국에서 베트남까지의 거리는 대략 3,000㎞ 이상이다. 이렇게 멀리 있는 한국에서, 그것도 인구 3만 명 남짓한 작은 도시인 경북 봉화군에다 'K-베트남 밸리'를 조성하기로 한 이유는 뭘까?

경북 봉화군과 베트남의 관계를 이해하기 위해서는 12세기로 거슬러 올라가야 한다. 베트남이 대월(大越) 국이었던 시기에 제6대 황제 영종의 여러 자녀들 중에 이용상(李龍祥)이라는 사람이 있었다. 베트남 최초의 통일왕조인 '리(Ly) 왕조'가 쇠퇴의 길로 접어들던 시기였다. 왕조가 이씨에서 진씨로 넘어가자 대규모 숙청이 있었고 리 왕조의 후손들은 대부분 멸족을 당했다.

이용상은 숙청을 피해 가까스로 도망쳤다. 일족과 부하들을 데리고 바다로 나선 그는 송과 대만, 금나라, 몽골 등을 거쳐 지금의 황해도 옹진군 화산포에 도착했다. 베트남 왕자가 표류해 왔다는 소식을 들은 고려 조정에선 크게 환영하며 이용상이 고려에 정착할 수 있도록 도와줬다. 그리고 화산 이씨(花山 李氏)라는 성씨까지 하사했다. 그렇게 이용상은 화산 이씨의 시조가 되었다. 이용상의 둘째 아들인 이일청이 안동부사로 부임하면서 후손들이 안동과 봉화 일원에서 세거지를 이루고 살았다. 봉화군 봉성면 창평리는 화산 이씨의 세거지 가운데 한 곳이다. 이곳에는 베트남 왕족 이용상의 후손인 이장발의 충효정신을 기리기 위해 세워진 충효당(문화재자료 제466호)이 있다.

팩션 소설인《홍하에서 온 푸른 별들》에 따르면 이장발은 아내와 아이가 있었으며 홀어머니를 모시고 살았고 벼슬이 없는 선비로 책임과 의무를 다할 필요가 없었다. 하지만, 이장발의 모친은 3대 독자이자 성혼한 장발에게 전장으로 나갈 것을 권유했다. 그리고 이장발은 19세 어린 나이로 전장에 달려가 문경새재에서 혈전 끝에 생을 달리했다. 그의 죽음이 의병 활동을 북돋웠다고 알려져 있다.

이런 이장발의 안타까운 죽음과 그의 충절을 기리기 위해 그의 후손들과 유림들이 1750년경 생가 터에 사당을 건립하고 충효당(忠孝堂)이라 명명했다. 충효당은 화산 이씨에 관한 우리나라에 몇 안 되는 유적이며, 생가 옆에 위치한 유허비는 화산 이씨와 관련된 남한지역 유일의 금석문이다. 이 유허비에 화산 이씨의 시조 이용상의 이름이 새겨져 있는데 이 역시 이용상과 관련된 유일한 유적이라고 한다. 편액에는 이장발의 〈순절시〉가 전해진다.

백년 사직을 구할 계획을 가지고(百年存社稷)
유월에 갑옷을 입었네(六月着戎衣)
나라를 위한 근심에 몸은 비록 헛되이 죽고 말지만(憂國身空死)
홀로 계신 어머니 못 잊어 혼백만 외로이 돌아가네(思親魂獨歸).

충효당 인근엔 화산 이씨 후손 10여 명이 집성촌을 이루고 있다. 봉화군에서 베트남마을을 조성하려는 곳도 충효당 일대다. 'K-베트남 밸리'가 조성된다면 봉화는 한-베트남 우호증진 교류의 공간인 동시에 한국에 살고 있는 베트남인들의 자부심을 높여 주는 역사적이고 문화적인 장소가 될 것이다. 더불어 K-베트남밸리를 통해 인구유입과 문화교류가 더욱 활발해지면 지역소멸 위기를 극복하기 위한 정책의 일환으로서도 의미 있는 일이 될 것이다.

또한, 2027년에 준공될 예정인 첨단 베어링 국가산업단지의 안정적인 인력공급에도 기여할 것이다. 이제 우리나라도 외국인 노동자가 없으면 산업 전체가 안 돌아가는 상황이다. 내국인 노동자로 충분하던 시대는 지나갔다고 봐야할 것이다. 외국인 노동자들은 우리 사회에 노동력을 제공하고 정당한 대가를 받는 사람들이다. 힘든 제조업을 기피하는 젊은 층이 다른 일자리를 찾아가는 상황에서 결혼 이민자나 영주권을 획득한 사람들 외에도 한국에서 살아가려는 외국인 노동자를 수용하려는 정책이 필요하다. 이를 위해서는 한국어와 한국문화의 교육은 물론 이곳에서 외국인으로 살아가는 고충에 대한 상담을 포함해 한국에 정착할 수 있도록 돕는 방안도 필요할 것으로 보인다.

'K-베트남 밸리'는 몇 년 전에도 '베트남 테마 타운'이라는 이름으로 조성을 추진했으나 사업 예산 확보 어려움 등으로 사업이 진행되지 않았다. 결국 'K-베트남 밸리' 조성 역시 예산 확보와 민자 유치 등이 과제일 것이다.

나는 이 문제를 해결하기 위해 베트남에 진출한 몇몇 기업과 접촉을 했고 긍정적인 답변도 받았다. 100% 확실한 것은 아니지만, 'K-베트남 밸리' 사업의 '플랜 B'라는 측면에서 의미가 적지 않고 성공가능성도 높일 수 있을 것이라고 생각된다.

◤ 전란을 피해온 사람들의 유산 - 평양냉면, 풍기인삼과 인견

경북 영주시 풍기읍은 예로부터 '작은 평안도'로 불렸다. 조선 시대의 예언서 《정감록》에 십승지(十勝地) 중 첫 번째로 풍기가 소개

되면서 6·25전쟁 직후 영주 풍기읍에는 이를 믿고 북한에서 내려온 피란민들이 몰려들었다. 민초들이 난세에 몸을 보전할 최적지는 '교남양백(嶠南兩白, 영남의 소백과 태백 사이)'이라는 예언을 믿고 온 피란민들이다. 그로 인해 1960년대에는 풍기 인구 약 3분의 1이 이북 출신일 정도였다고 한다. 자연스레 이곳에는 이북 음식점도 많았다. 대개 명맥이 끊겼지만 지금까지도 정통 이북식 냉면을 파는 식당이 남아 있다. 전국 냉면 마니아들의 순례지로 꼽히는 풍기읍내의 평양냉면집들은 모두 이들 피란민들 덕분에 생겨난 곳이다.

이와 관련된 흥미로운 이야기는 이것뿐만이 아니다. 풍기는 한국 인삼재배의 시발지로 알려져 있다. 1541년 풍기군수로 온 주세붕이 산삼의 씨앗을 받아와 직접 재배에 나선 곳이 바로 풍기이며, 주세붕이 황해도 관찰사로 가면서 인삼 재배를 전파해 지금의 개성인삼이 된 것이라는 이야기가 전해지고 있다. 풍기인삼은 여름철 보양에 탁월하다. 소백산에서 자란 풍기인삼은 타지방 인삼보다 조직이 충실하고 유효사포닌 함량이 높다고 알려져 있다. 하지만, 무엇보다 풍기인삼이 지금과 같은 명품 브랜드로 자리 잡는 데에는 황해도지역, 특히 개성에서 앞선 재배 기술을 익힌 피란민들의 영향이 크다는 것이다.

오늘날 '냉장고 섬유'로 불리는 풍기 인견은 역시 일제 강점기에 북한의 평안남도 덕천 지방 사람들이 남쪽으로 내려와 풍기 동부동에 정착하여 직조를 시작한 데에서 유래되었다고 한다. 평안도 영변과 덕천 등은 명주의 본고장인데 이곳에서 남하한 직물공장 경영자와 기술자들이 명주실(누에고치에서 뽑은 실)과 비슷한 인견사(人絹絲, 나무에서 실을 뽑은 실)를 원료로 한 인견 직물을 짜기 시작했던 것이 오늘날의 풍기인견이라는 것이다. 한때 풍기에는 인견을 짜는 집이 2,000여 가구가 넘었다고 알려져 있다.

이처럼 전란 피해 내려온 사람은 물론이고 타국에서 피난을 온 사람들까지도 정착해서 살아가는 곳이 되었다. 그 이면에는 '공감과 배려, 그리고 조화'라는 선비정신의 일면이 면면히 이어져 왔기 때문일 것이다.

／ 선비정신 가르치는 '해커 사관학교'

나는 영주미래연구소를 통해 방위산업, 사이버안보 산업 등 내가 가진 전문성과 고향의 미래발전을 접목시키는 방향으로 노력을 집중할 생각이다. 사이버 기술은 거의 모든 산업 분야에 접목되고 있기 때문에 지자체의 입장에서도 투자 유망 분야이므로 관심을 가질 필요가 있다. 우리나라는 사이버 강국이고 영주를 포함한 경북 북부지역에 인구감소, 일자리 감소로 고민하고 있는데, 방위산

선비촌

업과 사이버 산업 유치를 통한 지역경제발전에 기여할 생각이다.

먼저, 추진하고 싶은 것이 '해커 사관학교'이다. 우리나라에서 가장 유명한 해커 중의 한 명이 박찬암 대표다. 해커는 크게 둘로 나뉘는데 인터넷 시스템과 개인 컴퓨터시스템을 파괴하는 해커인 '블랙해커'와 반대로 보안 시스템의 취약점을 발견해 관리자에게 제보, 블랙해커의 공격을 예방하도록 돕는 '화이트해커'이다.

박찬암 대표는 '스틸리언'이라는 보안솔루션 기업을 창업하여 운영하고 있다. 스틸리언은 '외계인(alien)의 기술력을 훔친다(steal)'는 뜻의 합성어라고 한다. 그는 2018년에는 포브스 선정 2018 아시아의 영향력 있는 30세 이하 30인(2018 Forbes 30 Under 30 Asia) 중 한 명으로 뽑혔고 '해커' 출신으로는 처음으로 고등학교 정보 교과서에 수록되었다.

사이버 보안과 관련된 정책의 자문을 들을 일이 있어서 그를 만났다. 그는 해커들이 불행한 길로 빠지게 되는 이유가 해커들의 특성에서 기인하는 경우가 많다고 했다. 해커들은 공통적으로 나이가 어린 데다 집착이 강하고 호기심도 많은데 이런 특성이 자칫 잘못 발현되면 블랙해커의 길로 접어들게 된다는 것이다. 그래서 그는 해커에게 가장 중요한 덕목이 기술이 아니라 윤리의식이라고 강조했다.

이 이야기를 듣고 내가 '해커 사관학교' 이야기를 꺼냈고 해커 사관학교를 영주에 세웠으면 좋겠다는 내 생각을 전했다. 그는 단번에 좋다고 했다. 선비촌과 선비 세상 등이 있어서 청소년, 또는 사회 초년생들에게 사이버 보안을 교육하기에 적절한 환경이고, 또 선비의 고장인 만큼 이들에게 윤리의식을 심어주기 안성맞춤이라는 생각을 하고 있었다.

언젠가 그가 한 인터뷰에서 "어떤 일을 잘 하기 위한 법칙 같은 것은 없는 것 같아요. 이 말이 맞는다면 세상에 성공하지 못한 사람은 없을 테니까요. 그런데 좋아서 하는 사람을 이기기는 쉽지 않은 것 같아요. 자기가 빠지는 일은 즐거울 수밖에 없고, 그러면 남들보다 좀 더 많이 하게 되니까 잘하게 될 확률이 높아지는 것 같아요."라고 말했는데, 나 역시 사이버안보 전문가로서 청소년과 사회 초년생들이 이곳 영주에서 마음껏 자신의 능력을 개발해서 사이버 보안 전문가로 사회에 진출하기를 기대한다.

나는 그들에게 우리의 선비정신을 심어주고 싶다. 선비정신의 바탕에는 더불어 사는 지혜, 타인에 대한 공감과 배려가 깔려 있다. 또한 인공지능(AI) 시대에는 AI가 결코 따라 할 수 없는 따뜻한 인품을 지닌 인재가 필요한데 이 일에 나를 비롯한 영주의 많은 선배들이 도움을 주고 싶다. 그리고 언젠가는 그들이 이곳에서 배운 선비정신을 실천하며 그 지향성을 향후에도 일관되게 유지하면서 성장하는 모습을 지켜보고 싶다.

영주에
가야만 하는 이유

'대면'의 반대편에는 '비대면'이 아니라 '외면'이 있다고 한다. 사람들이 영주를 찾게 하고 그들로부터 외면 받지 않기 위해서는 그들이 오래 머무를 수 있도록 체류시간을 늘리는 전략이 필요하다. 영주에도 온라인으로는 대체 불가능한 '자원'이 있다. 그 자체로서 독특함을 체험할 수 있는 곳, 실제로 체험하고 그들의 경험을 나눌 수 있는 곳이다, 다만, 아직은 이를 홍보하는 플랫폼이 제대로 마련되지 않아서 이를 체험하려는 사람이 부족한 것은 해결해야 할 문제로 남아 있다. 풍기 인삼축제, 무섬마을 축제 등 방문객들을 맞을 수 있는 호재들이 이어지는 상황에서 이를 특화시킨 관광 상품의 개발도 필요해 보인다.

근대문화유산거리

김난도 교수는 주목할 만한 사회의 변화를 키워드로 정리한 책인 《트렌드 코리아》를 해마다 출간하는데, 이 책에는 '공간'과 관련된 키워드가 거의 빠지지 않고 제시된다. 어느 해인가는 공간의 재탄생과 관련해서 '카멜레온 존'을 키워드로 제시했고, 올해에는 공간과 관련된 키워드로 '리퀴드 폴리탄'을 제시하고 있다. 이는 리퀴드(Liquid, 액체)와 폴리탄(Politan, 도시)을 조합해서 만든 용어이다. 이처럼 공간과 관련된 키워드가 트렌드로 등장한다는 것은 그만큼 공간의 활용이나 개념이 다양해지고 있다는 것을 의미한다. 특히 올해의 키워드인 리퀴드 폴리탄은 우리 지역의 관광자원을 어떻게 개발해야 다양한 라이프스타일을 가진 사람들이 보다 유기적으로 연결될 수 있는지를 생각하게 만든다.

영주 근대문화유산거리는 개발이 되지 않아서 오히려 기회를 맞은 곳이다. 'Serendipity', 즉 예기치 못한 행운이라는 말이 있다. 이곳에서 누군가는 지나가다가 우연히 좋은 풍경이나 물건을 발견할 수도 있고, 오랫동안 찾고 있었던 '추억'을 발견할 수도 있을 것이다.

경상북도 북부에 있는 영주라는 도시가 오늘날과 같은 모습을 가지게 된 역사적인 사건이 1941년에 있었던 중앙선 영주역의 개설이었다. 영주역이 들어서면서 영주라는 도시가 형성되는 과정과 발달하는 모습, 그리고 그 당시의 생활상을 살펴볼 수 있는 공간이 바로 영주 근대역사문화거리다. 그곳에는 구 영주 역사의 철도 관사, 근대한옥, 교회, 정미소, 이발소 등 영주지역의 근대 생활과 거리 경관을 보여주는 건축물이 보존되어 있다. 영광이발관은 1930년대부터 지금까지 운영되고, 1940년대 건립한 풍국정미소는 도정기와 관련 기구가 그대로 있다.

지금은 중앙선, 영동선 등이 교차하는 복잡한 철도가 영주라는 도시가 발전하는데 걸림돌이 되고 있다는 것도 알고 있다. 하지만, 영주에는 일제시대에 300여 개의 정미소가 있을 정도로 경북지역 미곡 유통의 중심지였다. 철도가 개설되지 않았다면 있을 수 없는 일이다. 철도의 개설로 발전의 계기를 맞았던 영주가 오늘날처럼 낙후된 것은 철도 중심의 교통이 자동차 중심의 교통, 즉 철로가 아니라 고속도로로 물류의 중심이 바뀌었기 때문이다.

그럼에도 영주 근대역사문화거리는 근대 시기의 영주시를 살펴볼 수 있는 핵심공간으로 일본풍 근대건축물을 보존, 활용하는 여타 도시와 달리 근대한옥 마을 등 한옥 건물이 다수 분포한다는 것이 특징이다. 이곳에서는 영주가 한때 철도의 도시이자 공업의 도시였다는 흔적 정도는 느낄 수도 있을 것이다. 현재 영주시에서 가장 오래된 도로인 광복로에 추진하고 있는 증강현실(AR) 관광 서비스가 구축된다면 쇠퇴한 도심의 활성화에 시너지를 기대할 수 있을 것이다.

국립산림치유원 '다스림'

국립산림치유원은 다스림은 바쁜 도시 생활에 지친 여행객의 심신 안정과 평안을 찾아주는 숲속 휴양시설이다. 현대인들은 스트레스로 정신적, 신체적 건강을 잃어 가고 있는데, 그래서인지 건강과 휴식, 그리고 힐링은 언제나 관심 순위의 최상위권에 있다. 그래서 소백산 자락에 위치해 있는 국립산림치유원은 향후에 방문객들의 늘어날 것으로 생각되는 곳이다.

국립산림치유원은 해마다 문화체육관광부와 한국관광공사가 선정하는 '추천 웰니스 관광지 48선'에 들기도 했다. 웰빙(well-being), 행복(happiness), 건강(fitness)의 합성어인 웰니스는 신체적, 정신적, 사회적으로 건강한 상태를 나타낸다.

국립산림치유원은 숲과 함께 국민행복을 키우는 산림복지전문기관이다. 이곳은 이름 그대로 자연경관, 햇빛, 소리, 피톤치드, 맑은 공기, 음이온 등 숲에 존재하는 다양한 산림치유인자를 활용해서 일상에 지친 몸과 마음을 치유하고 활력을 불어넣는 곳이다. 선진국에서는 이미 산림 치유를 우울증 극복과 스트레스 해소에 많이 활용해왔다. 방문객들은 숲길을 걸으면서 다양한 환경요소를 활용해 인체의 면역력을 높이고 신체적, 정신적 건강을 리플레시(Refresh) 하는 치유의 시간을 가지게 된다.

국립산림치유원에는 소백산 자락과 소백산의 작은 봉우리인 옥녀봉까지 47km에 달하는 '치유의 숲길'이 조성되어 있으며 숲 체험을 신청하면 숲 트레킹과 숲 해먹명상 프로그램에 참여할 수도 있다. 기본 건강 상태 측정과 전문가 상담을 통해서 다양한 맞춤형 산림치유서비스를 받을 수도 있다. 수 치유센터에서는 워터 테라피도 체험할 수 있다. 여기에 스파와 열 치유실과 수압마사지기 등을 이용한 전신 마사지와 요가와 명상 프로그램 등도 운영하고 있다.

단체 치유 프로그램을 운영하는 수련센터, 장기간 숙박하면서 산림치유와 건강증진 프로그램을 이용하는 건강증진센터, 숲속을 걸으며 심신안정 효과를 누리는 산림치유문화센터, 그리고 편백나무의 향이 솔솔 풍기는 빌라형 숙박 시설과 500명을 동시 수용할 수 있는 대형식당 시설은 대한민국 최대의 힐링 타운이라 해도 손색이 없다. 즉, 현대인들의 건강한 몸과 행복한 마음을 위해 꼭 필요한 힐링 장소인 셈이다.

앞으로 국립산림치유원을 중심으로 세미나나 행사 유치에 적극적으로 나서서 기존의 인프라들을 활용하는 계획을 세우려고 한다. 이 시설을 활용하기 위한 기획과 전략을 세우고, 그 기획과 전략들이 구체적인 프로세스로 진행될 수 있도록 만들어서 교육, 관광과 함께 취미도 즐길 수 있게 할 계획이다. KTX가 청량리에서 서울역까지 확장이 되고 영주까지 오는 시간이 더 짧아지고 이런 숙박형 체류 시설들을 연결시키면 쾌적하면서도 아름다운 관광 도시를 만들 수가 있을 것이다.

전통향토음식체험교육관 '식치원'

'식치원'은 선비의 고장 영주의 의식주 문화를 포괄하는 음식문화를 보급하기 위해 운영되는 곳이다. 명의로 이름을 알린 영주 지역의 유의 이석간이 자신의 경험과 지식을 바탕으로 한 저술한 《이석간 경험방》과 조선시대 최초의 국립 의약소인 제민루를 콘텐츠화했다. 《이석간 경험방》은 평소의 건강관리를 중요시하고 질병을 예방하는 방법을 강조하고 있으며, 그 중에서도 인삼의 활용에 관한 내용이 독특하다고 알려져 있다. 그리고 제민루는 삼판서 고택 뒤편에 위치한 2층 누각으로 '백성을 구제한다.'는 뜻을 가진 조선에서 가장 오래된 공립 지방의원이었다. 이를 콘텐츠로 개발하는 작업은 우리 선조들의 식생활과 전통의학을 연관 지어서 경북지역 선비 음식의 근원을 찾고 영주의 식문화를 정립하기 위한 첫걸음

무섬마을

무섬마을 외나무다리

이라 할 수 있다. 음식을 통해 시대와 시대를 잇는 역할을 하는 것이다. 이곳에서는 단순히 음식을 재현하는 음식복원의 차원을 넘어, 사람의 마음과 몸을 다스리는 식치, 즉 음식 치유로 그 의미를 더 하고 있다. 식치원은 영주시민과 관광객을 대상으로 연령별, 성별, 체질별로 54가지의 죽과 밥의 메뉴로, 식재료를 미리 준비해야 하는 관계로 예약제로 운영하고 있다. 식치 음식의 체험은 고령화 시대, 그리고 힐링의 가치 중시 시대에 각광받는 장소가 될 것이라고 생각한다.

이에 대한 활용방안으로는 우리 지역의 유기농 농산물을 생산하는 농가와의 협력이 필수적이다. 유기농을 생산하는 농가들이 안정적으로 농산물을 생산하기 위해서 그 가치를 인정해 주는 소비처가 필요하다. 식치원과의 협력은 이를 확대하는 방안이 될 것이다. 식치원 역시 모든 재료를 유기농으로 하는 것은 현실적으로 힘들기 때문에 쌀과 채소 등은 영주와 봉화, 그리고 영양과 울진 등지에서 생산되는 유기농산물을 사용하고 불가피하게 잡곡처럼 유기농으로 생산되지 않는 일부 농산물은 국내에서 생산되는 것을 사용하겠다는 정도의 방침이 필요할 것으로 보인다. 더불어 유네스코 세계문화유산인 부석사와 소수서원을 비롯해 지역 내에서 인지도 있는 관광자원인 무섬마을, 영주댐 주변 관광 등을 연계한 '원데이 투어' 상품도 개발할 필요가 있어 보인다.

도시의 미래 과제,
마이스(MICE) 산업

마이스(MICE)는 회의(Meeting), 포상관광(Incentives), 컨벤션(Convention), 전시회(Exhibition)의 머릿글자를 딴 용어이다. 세계박람회 같은 초대형 행사에서부터 국가 간의 정상회의와 각종 국제회의, 상품이나 지식, 정보 등을 교류하는 모임, 각종 이벤트 및 전시회 개최 등이 모두 여기에 포함된다. 마이스 산업은 관련 방문객들의 규모가 크고, 방문객 1인당 지출이 일반 관광객보다 훨씬 많기 때문에 '굴뚝 없는 산업'으로 일컬어지며 주목을 받고 있다. 우리나라에서도 마이스 산업은 2009년 1월 신성장동력 산업 중 하나로 선정되었다.

영주와 봉화, 그리고 영양과 울진에서 이와 같은 마이스 산업이 성장하고 발전하기 위해서는 영주와 봉화, 그리고 영양과 울진에 자리 잡고 있는 기업, 그리고 협회와 단체 등과의 협업이 필수적이다. 그들을 통해 국제회의, 또는 국내회의 등을 유치하고 전시회나 박람회 등을 개발해 나가는 노력이 필요하기 때문이다. 영주에는 현재 KT&G 제조창, 노벨리스코리아, 경륜훈련원, 영주 미래발전연구소, '화이트해커 사관학교'(가칭) 등의 기업과 단체들이 입주, 또는 입주할 예정이며 이들을 통해 회의, 포상관광, 컨벤션, 전시회 등을 유치할 수 있을 것이다. 특히 영주 미래발전연구소는 방위산업과 사이버 관련 분야의 국제회의 유치와 전시회 개발을 추진하고 '포상관광' 등도 적극적으로 추진하고, 이를 바탕으로 우리 지역만의 특화된 행사를 기획하고 추진할 계획이다.

'선비세상', '다스림' 그리고 컨벤션센터

마이스 산업 육성은 도시의 미래 명운이 달린 중요한 과제이다. 대한민국은 국가가 경제발전을 주도해 왔다. 1980년대 '경제개발 5개년 계획'을 실시할 때부터 지난 정부의 소득주도형 경제성장에 이르기까지 지난 수십 년간 한국이 성장해온 모습은 전형적인 국가 주도형 경제발전모델이었다. 마이스 산업도 마찬가지였다.

마이스란 말조차 생소하던 2000년대 초반, 정부는 전시컨벤션 산업을 통한 서비스 경제 육성을 위해 제일 먼저 전국에 컨벤션센터(무역전시장)를 건립했다. 아셈(ASEM) 정상회의를 위한 코엑스와 국내 최대 전시장 킨텍스의 건립, 부산 벡스코와 대구 엑스코 및 경주 하이코에 이르기까지, 지난 20여 년의 한국 마이스 산업은 정부가 하드웨어를 공급하고, 그에 맞춰 전시회를 육성하는 전형적인 국가 주도형 성장의 모습을 보여 왔다.

마이스 산업이 굴뚝 없는 산업이라고 해도 대규모 행사를 위한 컨벤션센터나 숙박시설과 같은 인프라를 구축하지 못한다면 대형 행사의 유치는 구호에만 그칠 수 있다. 더불어 유치한 행사에 참여한 사람들을 위한 특화된 프로그램이나 테마 관광이 마련되어 있는지도 살펴야 한다. 다행히도 영주는 이에 대해 상당히 잘 준비가 되어 있는 곳이라고 할 수 있다. '선비세상'을 비롯 국립산림치유원 '다스림'과 최근에 다시 추진되고 있는 '판타시온 리조트' 공사 등을 잘 이용한다면 컨벤션센터나 숙박시설 같은 기본적인 인프라의 문제는 해결할 수 있을 것으로 예상된다.

/ 영주 봉화 도서전

영주와 봉화처럼 작은 도시에서, 그것도 고택이 많은 도시에서 개별적으로 소장품을 전시하는 도서전을 개최하는 것은 세계적으로도 아주 드문 일이다. 특히 개개인의 기록물들이 잘 보존되어 있지만, 일반에게 공개되지 않은 것들이 대부분이기 때문에 도서전을 통해 일부라도 공개를 하는 것은 더욱 의미가 있다. 특히 오늘날에는 한문으로 된 자료들이 사장될 위기에 처해 있는데 이들 고서들을 전시하고 그 중 일부를 번역해서 공개한다면 그것만으로도 의미가 있는 일일 것이다. 누구나 쉽게 정보를 얻을 수 있는 디지털 시대임에도 여전히 공개되지 않은 자료들이기 때문이다.

사실 역사는 잘 알려진 사건과 저명한 인물을 우선시하고 주변에 존재하는 수많은 이야기들을 간과하는 경우가 많다. 하지만 개인들이 기록한 오래된 책 속에는 평범한 사람들의 이야기, 잘 알려지지 않은 사건, 그리고 지금까지 소개되지 않은 이야기들이 실려있다. 이 이야기들 역시 잘 알려진 역사 기록물처럼 우리 조상들의 생각, 신념, 경험이 드러나 있다. 개인의 일기, 편지, 원고를 읽으며 우리는 중요한 사건을 겪었던 개인의 삶과 생각을 엿볼 수도 있다. 이런 개인적인 이야기는 알려지지 않은 역사의 어떤 부분을 밝히는 열쇠가 되기도 한다. 잊혀진 이야기의 재발견을 통해 우리는 지나간 시대의 가치와 관습에 대한 통찰력을 얻을 수 있다. 그러므로 오래된 책은 단순한 역사적 유물이 아니라 미래 세대를 위해 보존해야 할 귀중한 물건이기도 하다. 책에는 이전 시대의 지혜와 지식을 담겨 있다. 오래된 책과 그 안에 담긴 이야기를 보존하는 것은 우리가 공유하는 유산을 보호하는 것이다.

《이석간 경험방》이나《기려수필》등은 어쩌면 이미 '딜쿠샤'와 같은 의미를 지니고 있을지도 모른다. 특히 1955년에 영주 출신 기려자 송상도라는 분이 쓴《기려수필》은 경술국치 이후에 팔도를 돌면서 독립지사의 행적을 탐방하여 그 기록을 후세에 남길 목적으로 쓴 책이다. 이 책의 편찬에 대해 당시 학계에서는 놀라움을 금치 못했고, 우리나라 독립운동 자료 중에 가장 확실한 자료라고 인정했다. "기려자가《기려수필》을 편찬한 것은 마치, 고산자 김정호가 대동여지도를 완성한 것과 흡사하다."라는 이야기처럼 이 책은 너무나 귀중한 자료의 보고였다. 지역 주민들의 적극적인 참여를 이끌어내서 제2, 제3의《기려수필》이 발견된다면 이 또한 크게 의미가 있는 일이 될 것이라고 믿어 의심치 않는다.

영주시민과 함께 하는 도서전

지역민들의 삶을 복합적으로 다루는 섬세함, 즉 인본주의에 대한 고려 없이 이루어진 성장과 개발은 도시로의 인구 집중이나 삶의 질 저하 등의 문제를 해결하기 힘들어서 지속가능한 모델로는 부적합하다. 이런 문제들에 의해 발생한 시행착오를 치유하고 조화와 균형, 무엇보다 지역민들의 삶과 활동 양식을 중심에 놓는 발전 모델이 필요하다. 이를 위해서는 하드웨어적인 발전과 함께 소프트웨어적인 접근법과 함께 시민공동체의 원활한 내부 소통과 참여가 절실하다. 참여와 소통의 결과는 성과주의를 뛰어넘는 무언가를 만드는 필수적인 요소이기 때문이다.

선비의 고장 영주에는 이미 참여와 소통의 결과물이 있다. 영주에는 대표적인 공립박물관으로 소수박물관과 인삼박물관이 있다. 특히 지난 2004년 개관한 소수박물관은 영주시민들의 정성으로 건립된 곳이라는 점에서 의미가 깊다. 처음 박물관의 개관을 준비할 때 지역의 뜻있는 개인과 문중들이 소중하게 간직해 온 유물들을 아낌없이 기증했다. 개관 이후에도 박물관의 홍보활동과 지역민들의 관심으로 유물의 기증과 기탁이 계속 이어졌고 현재 3만 3,000여 점의 소장품이 안전하고 체계적으로 보호 관리되고 있다. 이렇게 만들어진 소수박물관처럼 시민들의 참여를 통해 만들어진 결과물은 내가 사는 도시인 영주에 애정을 느끼고 자랑스러워할 수 있는 요소가 될 뿐만 아니라, 내가 사는 도시에서 즐거움과 행복을 찾을 수 있고 더불어 이곳에서 살아가는 새로운 의미가 될 수도 있다.

소수박물관은 이처럼 지역민의 관심과 애정 속에서 시작되고 발전되었다. 소장유물들에 대한 조사와 연구, 그리고 이를 활용한 전시, 교육 활동으로 많은 사람과 소통하며 조선시대 사대부가의 문화와 선비정신을 전파하는 데 이바지하고 있다.

　내가 군인인 시절부터 가장 중요시하던 것이 '원팀(One-team) 정신'이었다. 《손자병법》에도 이와 동일한 말이 나온다. 전쟁의 승패를 예측하는 다섯 가지 비책 중의 하나라고 하는 '상하동욕자승(上下同欲者勝)'이 그것이다. '윗사람과 아랫사람이 같은 결과를 원하는 쪽이 승리한다.'라는 의미로 '상하가 서로 믿고 비전(Vision)과 생각(Think)의 공유'가 필요함을 의미한다. 실제로 한 개인이 할 수 있는 일은 별로 없다. 우리가 하는 일이란 개인의 논의를 넘어서기 때문이다. 결국은 개인이 한데 뭉쳐서 조직적으로 일을 해야 한다. 조직에는 동료가 있고 상하가 있기 마련인데 모두가 같은 것을 꿈꾸고 같은 일을 하고자 했을 때 달성할 수가 있다는 것이다. 이 일도 마찬가지라고 생각한다.

유치한 사업의
지속가능성을 위하여

영주는 과거에도 KT&G 공장, 노벨모빌리스 코리아, 경륜 훈련원 등을 유치했다. 국비를 받아서 실행하는 사업은 지금도 진행되고 있다. 국가산업단지 조성이나 양수발전소 유치 같은 것들은 이와 같은 사업의 연장이다. 당연히 기업 유치 같은 사업은 필요하다고 생각한다. 하지만, 이렇게 하나하나 개별사업을 유치하는 것과 함께 좀 더 큰 그림을 그리지 못한다면 이에 대한 지속가능성을 담보하기가 어렵다.

윤석열 정부에서 거두고 있는 방위산업수출의 성과를 향상시키고 지속가능성을 확보하기 위해 50년 전에 있었던 대통령 주재 '방위산업수출 전략회의'를 되살려 기존의 'B to B' 방식에서 정부가 적극적으로 개입하는 'G to G' 차원의 협력을 이끌어낸 것처럼 새로운 접근법을 찾아보는 노력이 필요한 시점이다. 다만, 이제까지 영주를 위해서 미리 고민했던 많은 분들의 비전과 성과의 바탕 위에 연결시켜 나가고 발전시켜 나가야 된다고 생각한다.

영주댐 개발사업 계획

영주댐은 낙동강 유역 수질개선을 위한 하천 유지용수 확보, 이상 기후에 대비한 홍수 피해 경감 등을 위한 목적으로 2016년 댐이 조성됐다. 하지만, 주변 문화재 이전 복원과 각종 개발사업 추진 과정에서 관련기관 간의 의견 차이가 발생하면서 댐 완공 7년 만인 2023년 8월에 환경부 최종 준공 승인을 받았다. '영주댐 수변 생태자원화단지 조성사업'이 경상북도의 지방전환사업에 선정돼 도비 105억 원을 이미 확보한 상태이다.

영주댐 개발 사업은 1조 원 이상의 사업비가 투입된 대형 사업이다. 먼저, 인문생활 권역, 문화기점 권역, 레포츠 권역, 생태휴양 권역 등 4개 권역으로 나누고 여기에 모두 40개의 사업을 추진한다는 것이 계획이다.

먼저, 인문생활 권역은 영주댐 하류에서 서천 합류부까지 부지에 물놀이 시설, 생활체육시설과 같은 수변 시설을 갖춘 시민 생활공간으로 조성한다. 워케이션 센터와 푸드빌리지, 은빛 피크닉 공원, 서천 합류부 생태공원, 용혈유원지, 느림보길 조성을 계획하고 있다.

관광객들의 주요 활동공간인 문화거점 권역은 용의 숨길, 출렁다리, 용오름 전망대, 미르 테마 스크린, 금강 꽃섬 등 영주호의 정체성을 나타내는 공간으로 만들어간다. 특히, 용오름 일루미네이션 공원 조성으로 지역의 부족한 야간 관광콘텐츠를 보강하고 미르 모노레일, 플로팅 호텔, 북&독 카페 설치로 연결성과 체류할 수 있는 환경을 강화하려 한다.

동호교에서 유사 조절지까지 이르는 레포츠 권역에는 산림레포츠 휴양단지, 수상레저센터, 레포츠단지, 하늘날기 테마파크, 스포츠 컴플렉스 등 다양한 체육시설을 도입한다. 용의 등길 및 비늘 쉼터, 수변레포츠 카페, 신천리 휴양림, 갤러리 카페 등 휴게시설도 확충할 계획이다.

자연친화적 공간인 생태휴양 권역은 수생태 국가정원, 박봉산 자연휴양림, 둘레길, 창의 놀이공원, 울타리 목장, 에너지 파밍가든 등 자연 속에서 머물며 여유롭게 휴식을 취하는 공간으로 조성한다. 팜스테이, 가족 낚시 문화센터 등 체류성을 강화할 수 있는 시설도 도입할 예정이다.

아울러 영주댐의 전체적인 관리를 위해 수요 응답형 교통체계, 스마트 도로 시스템, 관광 서비스 등 관리 운영시스템을 도입하고 통합 브랜딩과 홍보 마케팅으로 효과적인 홍보체계를 구축할 계획이다. 기반시설 조성을 위해서 국비 공모사업을 추진하고, 숙박 시설 등에는 민간투자가 유치될 수 있도록 사업을 추진해 나간다는 방침이다.

앞서 말했던 것처럼 영주와 봉화에 많은 자원들이 산재해 있다. 그리고 이것들을 연결시킨 스토리텔링을 만들어내지 못함으로써 사람들에게 제대로 알려지지 않고 외면받고 있는 상황이다. 앞으로는 이 부분을 스토리텔링과 각각의 인프라를 연결해서 새로운 '자원'으로 개발하고 추진할 계획이 필요하다. 가족 단위로 즐길 수 있는 위락시설과 숙박시설을 건설한 다음에는 문화가 있고 특산품이 있고 교육이 가능한 종합적인 네트워크를 구상할 수 있을 것이다. 인구가 줄어들더라도 오히려 그런 것들을 통해서 많은 사람들이 찾아오는 곳으로 만들 수도 있을 것이라고 생각한다. 영주를 대표하는 매력과 특색을 가지고, 오래 기억될 독특한 경험을 제공하는 공간과 시설을 만들어서 영주 시민들의 생활을 훨씬 더 풍요롭게 만들어 줄 수 있도록 노력하겠다.

빌바오 구겐하임 뮤지엄과 평창 올림픽

도시가 성장하려면 단순히 대형 시설을 유치하고 건설하는 것으로 그쳐서는 안 된다. 정작 중요한 것은 그 시설들을 통해 도시의 매력적인 콘텐츠로 사람들의 동선을 확장하여 오래도록 도시의 쾌적함과 아름다운 경관, 그리고 그 속에서 살아가고 있는 사람들의 따뜻함까지도 즐길 수 있도록 해야 한다. 그렇지 않은 경우 대형 투자의 검은 그림자가 도시의 미래를 어둡게 만들 수도 있다.

스페인의 공업도시 빌바오는 바스크 지방에서 가장 큰 도시로 화학공업과 야금업의 중심지였고 조선업과 선박수리업이 활성화된 공업도시였다. 빌바오는 공업도시라는 이미지에서 벗어나기 위해 뉴욕에 있는 구겐하임 뮤지엄을 빌바오 유치하기 위해 노력했고 성공했다. 초기에는 그 매력적인 시설의 아름다움으로 인해 개장 이후 10년 동안은 매년 1천만 명 이상 방문객이 이곳을 찾았다. 하지만, 콘텐츠를 기획할 수 있는 내부 역량의 부재, 도시의 지속 가능한 콘텐츠 부족, 하드웨어 중심의 개발로 급격한 방문객의 정체와 하락이라는 결과를 맞아야 했다. 방문객 수의 확대가 당장은 유입 인구의 증가로 인한 도시의 활기로 이어질 수는 있겠지만, 지속 가능하지 못하다면 이는 금방 사라져버리는 신기루에 불과하다는 것을 단적으로 보여주는 사례이다.

경제학자 앤드류 짐발리스트는 《키르쿠스 막시무스(Circus Maximus, 원형 전차경기장)》에서 올림픽이나 월드컵 같은 대형 스포츠 이벤트가 끝난 후 도시에 남는 것은 경기장의 건설로 인한 막대한 채무뿐이라고 말했다. 그는 1960년 이래 모든 올림픽에서 비용초과가 발생했다고 주장한다.

우리 역시 오랫동안 대형 스포츠 행사나 국제회의 등을 유치한 경험이 있다. 대부분의 유치 도시에서는 엄청난 규모의 경제적 파급효과를 유치의 명분으로 내세웠다. 하지만 정작 행사가 끝난 후, 이 행사로 인해 도시에 어느 정도의 경제적인 효과가 발생했다는 것을 자세히 조사하는 경우는 아주 드물다. 단적으로 최근에 있었던 가장 큰 대형 국제 스포츠 행사 가운데 하나였던 평창올림픽이 강원도에 얼마만큼의 경제적 효과를 유발했는지에 대해 알 수 있는 자료는 찾아보기 어렵다. 연간 1천만 명에 이른다는 킨텍스 방문객들이 고양시에 얼마만큼의 경제적 효과를 가져다주었는지에 대해 확인할 수 있는 자료 역시 찾아보기 어렵다. 이러한 걱정이 단지 기우에 불과한 일이라면 다행이다. 하지만, 위험이 다가오고 있는데 그 위험성을 제대로 인식하지 못한다면 그 위험성은 현실이 된다. 실제로 현실이 될 수 있는 가능성이 조금이라도 있다면 미리 준비하고 대비하자는 의미에서 하는 말이다.

첨단 베어링 국가산업단지

영주에 첨단 베어링 국가산업단지 유치가 결정되었다. 영주 첨단 베어링 산업단지는 베어링 관련 선도기업인 베어링아트와 연구기관(하이테크베어링 시험평가센터), 동양대(베어링학과) 등 산학연이 집적된 지역이다. 베어링은 흔히 '소재, 부품, 장비'이라고 말하는 것들 중에 소재와 부품 산업이라고 할 수 있다. 실제로 베어링은 소재적인 측면은 물론 그 활용도의 측면에서도 굉장히 종류가 다양하다. 모든 기계에는 관절의 역할을 하는 베어링이 필요하기 때문이다.

또한 베어링의 경우 수입의존도가 높은 소재, 부품, 장비 분야에서 핵심 전략품목이다. 기업유치와 함께 적절한 지원이 이루어진다면 차세대 산업 국가성장 동력이 마련됨은 물론 영주는 베어링 국산화의 거점 도시가 될 것이다. 이를 통해, 인구 증가 효과와 지역 경제 활성화에도 기여할 수 있을 것이다. 영주시에서는 현재 기업 유치를 위해 기업지원 연구기관인 '하이테크베어링 시험평가센터'와 '경량소재 융복합기술센터', 그리고 다양한 기업지원 정책도 구상 중인 것으로 알고 있다.

가장 우선적으로 필요한 것은 대기업이나 중소기업을 유치하는 것이다. 기업을 유치해야 일자리가 창출되고 유입 인구도 증가할 것이다. 하지만, '첨단 베어링 산업'이라고 했을 때, 베어링이 첨단 부품이긴 하지만 실제로 선택의 폭이 제한적인 측면이 있다. 그래서 그 부분을 어떻게 진행할 것인지에 대한 고민이 있다.

이 부분과 관련해서 개인적으로 힘을 보태고자 추진하는 일이 있다. 이제까지 나는 방위산업과 사이버안보 분야의 일들을 주로 해왔다. 국가산업단지의 조성과 관련해서 나도 경험과 관련된 부분들, 그리고 내가 가진 네트워크를 이용할 수 있는 부분에 대한 고민을 하고 있다. 이를 테면, 방위산업체들과의 인연을 어떻게 영주 지역 발전에 연결시킬 것이냐 하는 부분이 고민의 핵심내용이다. 유치 가능한 기업에 대해서는 아직 명확하게 그림이 그려지지는 않고 있지만, 방향은 일단 방위산업으로 생각하고 있다. 방위산업에서도 베어링을 부품으로 사용하고 있을 뿐만 아니라, 향후에는 이를 바탕으로 새로운 도약도 기대할 수 있기 때문이다.

비전이 없는 시대에는 과거를 성찰하지 않는다. 국가산업단지 유치 결정, 영주댐 일대의 개발을 통한 생태공원을 조성 등의 사업 유치, 그리고 군위로의 공항 이전과 청량리에서 서울역까지 KTX 연장과 같은 교통망 확충 등 영주는 '제2의 부흥기'라는 말이 나올 정도로 새로운 부흥의 기운을 맞고 있다. 이는 영주에 지대한 영향을 끼칠 것이다. 과거의 역사에서 보듯이 특히 교통망의 확충이 이루어지는 이 시점이 우리에게는 기회가 될 수도 있지만, 자칫 위기가 될 수도 있다. 이에 섬세하고 체계적인 대응이 요구된다 할 것이다. 이제까지 영주 지역은 내륙에 위치하고 있다는 지리적인 약점과 원재료 수입이나 운송에 대한 문제 때문에 기업들이 공단에 입주하는 것을 꺼려하는 경향이 있었다. 하지만 군위 공항이 들어서면 첨단 부품인 베어링은 항공을 통한 수입과 수출 등이 가능해지기 때문에 이제 그 부분은 문제가 되지는 않을 것이다. 또 도로망이 발전돼 있기 때문에 과거에 비해 기업이 입주할 수 있는 여건이 개선되었다고 할 수 있다. 다만, 반대급부도 있을 것 같은데 앞으로도 고민을 해야 될 부분이다. 앞서 말했던 것처럼 '제2의 부흥기'를 맞고 있는 이 시점에 영주에서는 반드시 현재와 과거를 성찰하고 진단할 필요가 있다. 우리의 성찰과 진단이 영주를 미래로 이끌어갈 것이기 때문이다.

특허청에 의장등록 된 '선비촌'과 '선비의 고장'

공식적으로 '선비촌'과 '선비의 고장'이라는 이름은 대한민국의 모든 도시 중에서 오직 영주만 쓸 수 있다. '선비촌'과 '선비 세상'은 국비를 지원받아서 건설했고, 운영에는 지자체의 예산이 투입되고 있다. 그런데 제대로 운용이 되지 않고 찾는 사람도 없다. '내용'이 없고 연계를 시키지 못하는 상황이다. 최근의 보도에 따르면 상황이 심각하다.

"경북 영주시 순흥면에 있는 선비세상은 선비의 삶과 정신, 전통문화를 앞세운 한(韓)문화 테마파크로, 경북 3대 문화권 관광사업 중 가장 최근에 문을 열었다. 부지 면적 96만974㎡에 1,694억 원을 들여 지난해 9월 개관했으나 지난 1년간 유료 관람객은 2만 9652명, 하루 평균 81명에 그친다."

선비 세상뿐만 아니라 경북지역의 '3대 문화권 관광사업'이 모두 적자에 허덕이고 있다고 한다. 애초에 혈세가 투입되는 사업에 대한 사업 타당성이나 수요 예측 등을 제대로 하지 않았다고 비판할 수도 있다. 하지만, 그렇게 비판만 해서는 문제를 해결할 수 없다.

결국 일이라는 것은 항상 꼬인 부분이 있기 마련이다. 꼬인 부분을 풀어내는 것, 즉 문제를 해결해 가는 것이 일이다. 모든 일에는 갈등 요소와 장애 요소가 있다. 그걸 어떻게 해결해 갈 것인지를 결정해야 한다. 우선은 팩트, 즉 문제가 무엇인지를 파악해야 한다. 현장에서 실무를 맡은 사람을 만나서 사태를 파악하는 것이 우선일 것이다. 물론 주변에서 이해관계가 없는 제3자의 입장도 알아볼 필요가 있다. 그렇게 서로의 입장과 과거의 히스토리까지 살펴서 대략적인 그림이 그려져야 시간이 걸리더라도 하나씩 풀어갈 것인지 쾌도난마로 단칼에 잘라버려야 할지를 고민할 수 있다. 중요한 것은 팩트에 입각해서 사태를 파악하고 분석하는 것이다. 그래야 올바로 처방할 수가 있는 것이기 때문이다. 현재 진행하고 있는 '2023 영주시장배 아마추어 e스포츠대회'의 개최나 '선비세상 인형극 축제', 그리고 '윈터 페스티벌' 등은 긍정적인 신호로 받아들여진다. 다만, 여전히 홍보와 플렛폼의 문제, 그리고 지역의 다른 관광자원과의 연계에 대한 계획이 부족한 점은 아쉬운 부분이다.

"The buck stops here!"

그리고 사태에 대한 팩트 체크가 끝나면 나는 결코 책임을 회피하지 않을 것이다. 대통령실에 근무할 때, 윤석열 대통령의 책상에는 "The buck stops here!"라고 적힌 팻말이 있었다. 팻말은 미국의 바이든 대통령이 윤석열 대통령께 선물한 것이다.

이 말의 기원과 관련해서는 다양한 이야기가 있지만, 가장 일반적인 것은 19세기 미국의 포커게임에서 딜러의 순서를 공정하게 정하기 위해 사용했던 'buckhorn knife'에서 유래되었다는 것이다. 언제부턴가 포커게임에서 딜러가 된 사람 앞에 손잡이가 사슴뿔로 된 칼을 두었고 딜러의 순서를 다른 사람 사람에게 넘기는 것을 'passing the buck'이라고 했는데, 이것이 나중에 '책임을 다른 사람에게 넘긴다.'는 관용적인 표현으로 사용되었다. 그래서 'buck'이라는 단어에는 수사슴과 1달러라는 의미와 함께 책임이라는 의미도 갖게 되었다고 한다.

대통령이 책상에 있는 그 말은 나 역시 오래 전부터 생각했던 것이다. '내 능력 범위 내에서 책임을 회피하지는 않고 내가 결정한다.'는 것이다. 그렇게 하기 위해서는 확신을 필요하다. 잘 알지도 못하는 일을 책임진다고 하는 것은 일종의 만용이다, 결국은 그런 결정을 하기 위해서 팩트를 확인하고 분석하는 과정이 필요한 것이다.

아무리 정보를 많이 받아도 현실에서 100%의 완전한 정보는 없다. 일어나지 않는 일이기 때문에 항상 아닐 가능성(probability)은 존재한다. 그래서 완벽한 결정이라는 것도 없다. 판단은 미래에 일어날 일들을 현재의 관점에서 하는 결정이기 때문이다. 충분히 고민을 하고 내가 가진 모든 것을 동원해서 판단하고 일을 진행해 나갈 생각이다.

✓ '전통적 지혜'라는 아우라

앞에서 말한 것처럼 영주에는 현재 KT&G 제조창, 노벨리스코리아, 경륜훈련원, 영주 미래발전연구소, '화이트해커 사관학교'(가칭) 등의 기업과 단체들이 입주, 또는 입주할 예정이며 이들을 통해 회의, 포상관광, 컨벤션, 전시회 등을 유치할 수도 있을 것이다. 하지만, 그것에 앞서 당장 '이 문제를 어떻게 좀 정리를 할 것인가?'를 고민하고 있다. 할 일은 많은데 무엇부터 해야 할지, 과연 이렇게 하는 게 옳은 일인지 판단할 수 없다면 일단 닥치는 대로 처리하고 보자는 심정으로 업무와 맞닥뜨릴 수밖에 없다. 불행으로 가는 지름길에 접어든 것이다. 이 일을 했을 때 어떤 효과가 있고, 안 했을 때는 어떤 문제가 있는지 먼저 따져봐야 한다. 익숙한 것은 마치 언제까지라도 그 자리에 있어야 하는 것처럼 생각하기 쉽다. 별로 필요성이 크지 않음에도 불구하고 바꾸거나 버리지 못한다. '오컴의 면도날'처럼 분명해야 한다. 세상에 여러 가지의 해답이 존재한다면 그것들 가운데 진짜는 바로 군더더기를 모두 뺀 가장 간단한 것이 정답일 확률이 높다.

미래의 도시는 경제활동이나 그곳에서 파생되는 사회적 공헌은 물론, 자원봉사 활동 같은 영역에서도 공헌해야 한다. 예를 들어, '선비정신' 캠페인을 통해 이룩한 문화 같은 것이 있다면 그런 것을 재생산하여 다음 세대를 위해 확장할 필요가 있다. 주어진 자연 환경과 공간의 조건들을 오랜 시간에 걸쳐 지나오면서 자연스럽게 생긴 '전통적 지혜' 속에는 단지 지식이나 경험만으로 치부할 수 없는 아우라가 있다. 과거로부터 지금까지 이어온 것들과 다른 것을 추구하는 것이 더 나은 방향이고 우리의 삶을 더 좋은 방향으로 개선할 것이라는 믿음이 언제나 옳은 것은 아니다. 우리가 지금 하고 있는 변화를 위한 몸부림이 새로움이 아니라 변화를 위한 변화라는 습관일 수도 있기 때문이다. 그럼에도 불구하고 우리는 변화에 적응하면서 앞으로 나아가야 한다. 반성적 성찰을 바탕으로 전통문화와 현대적인 삶의 양식과 문화를 적절하게 직조한다면 새로운 문화적 모델을 만들어나갈 수 있을 것이다. 우리다운 삶의 정체성을 획득하는 과정은 영주와 봉화, 그리고 영양과 울진의 그랜드 플랜이 될 것이다.

지금의 나를 만든
3번의
터닝 포인트

intro

아놀드 토인비는 《역사의 연구(Study of History)》에서 도전과 응전(應戰)이라는 의미심장한 이야기를 한다. 인류 문명은 풍요롭고 좋은 환경이 아니라 거칠고 가혹한 환경에서 태어났다는 것을 보여준다. 20세기에 가장 가혹한 박해를 받은 민족인 유대인들도 마찬가지이다. 그들은 나라를 잃고 떠돌았는데 세상 어디서도 환영받지 못했다. 가장 가혹한 환경으로 내몰린 것이다. 그런 유대인을 품었던 나라가 미국이다.

2차 대전 후, 유대인들에게 미국은 허드슨 강변을 내주었다. 당시의 허드슨 강변은 거의 최악이라고 할 만큼 가혹한 땅이었다. 유대인들은 범람하는 허드슨 강변에서 살아가기 위해 옹벽을 쌓았다. 그리고 금융업을 시작하였다. 이것이 오늘날 세계 금융의 중심지가 된 월 스트리트의 탄생에 대한 이야기다.

역사학자 아놀드 토인비의 말처럼 역사가 도전에 대한 응전으로 이뤄진다면, 오늘날 우리의 삶 역시 눈앞에 놓인 수많은 도전에 어떻게 응전하는가에 따라 미래가 결정될 것이다. 아놀드 토인비처럼 거창한 것은 아니지만, 나의 개인적인 역사 속에서도 '도전'은 있었다. 그리고 적절했는지의 판단과는 별개로 '응전'을 하면서 앞으로 나아갔다. 제3장은 그 이야기이다.

청구고등학교로 진학과
기독교 신앙

첫 번째 선택과 도전

태어나면서부터 성장할 때까지 나에게 크게 영향을 주었던 사람은 주로 할아버지와 아버지였다. 내가 자취를 시작하며 집을 떠나기 전까지 이런 상황은 계속 이어졌다. 중학교 1학년 2학기 때부터 나는 영주에서 자취를 시작했다. 매일 거의 25리나 되는 길을 걸어서 다니는 것이 너무 힘들었기 때문이다. 이렇게 시작된 자취는 중학교와 고등학교 시절 내내 이어졌다. 중학 시절, 자취하는 나를 위해 외할머니와 할머니께서 1년씩 번갈아가며 밥을 챙겨 주셨다. 대구로 고등학교에 진학한 후에는 할머니께서 밥을 챙겨 주셨다.

그래서 할머니와는 정서적인 부분에서 가장 친근하고 추억도 많은 편이다.

당시에 중학교를 졸업하면, 우리 지역에서 성적이 우수한 학생들은 대부분 명문인 안동고등학교로 진학했다. 나 역시 당연히 그렇게 생각하고 있었다. 하지만, 전투경찰로 복무 중이던 형님의 편지를 받고 나는 고민에 빠졌다. 형님은 서울대학교 앞에서 시위를 진압하고 있다는 근황과 함께 나에게 고등학교 진학은 대구로 하는 것이 좋겠다고 권했기 때문이다.

그 뒤로도 한참 시간이 지난 후에 나는 형님의 편지에서 비롯된 고등학교 진학의 문제는 단지 진학의 문제가 아니라 내 인생에서 '첫 번째 선택이자 도전'이었다는 것을 알게 되었다. 펜실베이니아 대학교 와튼 스쿨의 교수인 애덤 그랜트는 무엇인가를 성취하는 두 가지 길이 있는데 하나는 '순응(conformity)하는 길'이고 다른 하나는 '독창성(originality)을 발휘하는 길'이라고 말했다. 그리고 그는 이에 대해 다음과 같이 설명했다.

"순응이란 이미 잘 닦여진 길로 앞선 무리를 따라가며 현상을 유지함을 의미한다. 독창성이란 인적이 드문 길을 선택하여 시류를 거스르지만, 참신한 아이디어나 가치를 추구해 결국 더 나은 상황을 만듦을 의미한다."

당시의 나는 순응과 독창성 어느 쪽도 아니었다. 무엇보다 나는 고등학교 진학을 성취라고 생각해 본 적이 없었고, 안동고등학교 외에 다른 선택을 할 수 있다는 것 역시 생각은 해본 적이 없었기 때문이다. '내가 나를 변화시킬 수 있을까?'라는 물음에 대해 변화가 불가능하다고 생각하는 것 이전에 변화 자체를 생각해 본 적이 없었다. 아무튼 형님의 편지를 받은 후, 나의 심경은 복합적이었다. 더 넓은 세상을 보고 싶다는 마음, 그리고 낯선 세상으로 나간다는 것에 대한 두려운 마음이 함께 있었다.

그날부터 나는 새로운 아이들을 만난다는 것, 그리고 그곳에서 학교 공부를 한다는 것의 의미를 하나씩 하나씩 머릿속으로 가늠해 보기 시작했다. 나의 기본적인 기질이나 성향 때문인지 대구라는 도시의 아이들과 경쟁해야 한다는 것의 두려움보다는 새로운 아이들을 만날 수 있을 것이란 기대감이 더 컸다. 무엇보다 도시에 나가면 왠지 앞으로 내가 가야 할 길을 찾을 수 있을 것이라는 확신이 들었다. 나는 당시에 담임이었던 김시국 선생님을 찾아뵙고 지난 며칠 동안의 고민을 털어놓았다. 선생님께서는 많은 이야기를 해 주셨는데 한마디로 '가능하다면 보다 넓은 세상으로 나가는 것도 좋다.'는 것이었다. 이것으로 내 생각은 분명해졌다.

담임선생님과의 면담을 마치고 집으로 가는 길에 눈이 내리기 시작했다. 눈 내리는 겨울날 영광중학교에서 이산면 운문 2리(조우골)에 있는 집까지 25리나 되는 거리를 2시간 동안 걸으면서 나는 부모님을 설득하기 위해 무슨 말을 할 것인지 생각했다.

먼저, 형님이 왜 내게 그런 제안을 했는지를 정리했다. 그때 형님은 고등학교를 졸업한 후에 대학에 진학하지 못하고 군대에 입대했다. 전투경찰로 복무하고 있었던 형님은 여전히 대학 진학의 꿈을 포기하지 않고 있었다. 대학에 진학하기 위해 재수를 하려면 대구로 갈 수밖에 없었다. 영주는 물론이고 안동에도 종합 재수학원이 없었기 때문이다. 무엇보다 집안 형편상 내가 안동에서 고등학교를 다니면 형님이 대구에서 재수를 하는 것은 불가능하다고 판단하고 나름 고심 끝에 내게 연락을 했던 것이다.

집에 가서 부모님께 조심스럽게 말씀을 드렸다. 아버지께 형님의 상황과 함께 담임선생님과의 면담, 그리고 넓은 세상을 경험하고 그곳에서 나의 길을 찾겠다는 말씀을 드렸다. 중학교 3학년 아들이 당돌하게 대구로 진학하겠다고 하는데 아버지는 아무 말씀도 하지 않고 가만히 들어주셨다. 내가 말을 마치자 아버지는 잠시 나를 보시더니 대구로의 '유학'을 허락해 주셨다. 아들이 대구로 진학해서 공부를 하고 싶어 한다는 것에 대해 호의적으로 생각하셨던 것 같다. 그리고 아버지는 다음날 신작로 입구에 있는 논을 팔기 위해 내 놓았다. 그 논은 우리 집 소유의 땅 중에서 가장 넓고 위치도 좋은 곳에 있었다. 정말로 아버지는 '논 팔아서 아들을 유학'시키기로 결정했던 것이다. 나는 대구에서 연합고사를 치른 후에

청구고로 진학할 수 있었다.

'줄탁동시'라는 말이 있다. 병아리가 알을 깨고 나올 때 안에서 쪼는 것을 '줄(啐)'이라 하고, 어미 닭이 밖에서 쪼는 것을 '탁(啄)'이라 한다. 이 '줄탁'의 행위가 동시에, 같은 곳을 향해 이뤄져야 병아리는 비로소 세상 밖으로 나올 수 있다. 나는 그때 현재의 상태에서 벗어나 새로운 곳으로 나아가려 했다. 그리고 그 일을 통해 알게 된 사실은 변화는 알을 깨고 나오려는 스스로의 노력과 외부의 지원이 동시에 필요하다는 것이었다. 그때 나의 상황이 그랬다.

／ 교회에 나가기로 하다

나는 대구에서의 생활에 금세 적응할 자신이 있었다. 낯선 세상으로 새롭게 시작해야 하는 학교생활에 대한 두려움보다는 더 큰 세상으로 나간다는 기대감에 부풀어 있었다. 오히려 지금 그곳으로 떠나지 않는다면 새로운 세상을 경험할 수 없을 것 같다는 마음에 두려움을 안고 기차를 탔다. '집 떠나면 고생이다.'라는 말이 있다. 부모님께는 죄송한 말이지만, 당시의 나는 객지에서의 생활의 고단함보다는 새로운 환경이 펼쳐지는 것이 좋았다.

지금도 어딘가로 떠나는 것을 생각하면 괜히 마음이 설렌다. 일상에서 벗어나 새로운 것이 펼쳐질 수도 있다는 기대감 때문이다.

나는 기존의 가치를 존중하는 한편으로 새로운 것을 받아들이는 일에도 매력을 느낀다. 내가 나의 '이중적인 면모'를 막연하게라도 느끼기 시작했던 것이 아마 그때였을지도 모르겠다. 사실 나 자신을 들여다보면 도무지 이해할 수 없는 모순된 특성을 발견하게 된다. 지금도 딱히 뭐라 설명하기 어렵다. 교회, 가족, 군에서 몸에 밴 리더십, 정치적인 사고 등 내가 중시하는 핵심 가치는 대부분 '보수적'이다. 그런데 이상하게도 구체적인 사안을 다룰 때는 기존의 관행이나 시스템을 따르기보다는 혁신을 추구하며 변화를 갈구한다. 또한 나는 이미 우리 사회에서 기성세대를 대표하는 축에 속해 있다. 하지만, 여전히 개혁을 주도하고 그 과정에서 파생되는 변화와 혼란을 두려워하지는 독립적이고 창의적인 사람이라는 생각을 갖고 있다.

아무튼 대구에서의 생활은 즐거웠다. 할머니께서 대구까지 함께 와서 나를 보살펴 주셨다. 고민은 별로 없었다. 아이들하고 어울려서 놀고 싶었다. 나를 시골뜨기라고 놀리고 따돌리지 않을까 하는 것은 기우에 지나지 않았다. 나는 시골티를 벗어버리겠다는 생각 자체가 없었다. 시골뜨기라고 놀림을 받을 일도 외롭거나 주눅이 드는 일도 없었다. 처음 본 도시는 세상의 사람들이 모두 모여 있는 것 같았다. 처음으로 알게 된 사실 중 하나는 새로운 도전을 위해 고향을 떠나 대구로 진학한 사람이 나 혼자가 아니라는 것이었다. 나도 그랬지만, 그들에게도 '시골 출신'이라는 것은 중요한 것이 아니었다. 모두 출발선에 서서 새로운 도전에 나선 친구들일 뿐이었다.

나는 대구에서 이전까지 접하지 못했던 도시의 생활을 조금씩 즐기기 시작했다. 시골에서 도시로 나간 아이에게 도시의 새로운 문화는 신기했지만, 공부를 소홀히 할 수는 없었다. 공부는 항상 우등이었다. 고등학교에 진학해서도 나는 언제나 공부를 열심히 하고, 또 잘하는 아이였다. 다만, 대구에서의 생활을 시작한 지 얼마 지나지 않아서 논까지 팔아가며 대구로 유학을 보낸 부모님의 걱정을 사는 일이 일어났다.

나의 고향 영주는 잘 알려진 것처럼 '선비의 고장'이다. 우리 집은 증조할아버지와 할아버지, 그리고 아버지와 나의 형제들까지 한집에서 생활하는 대가족이었다. 증조할아버지와 할아버지는 유학자셨고 아버지는 내 기억에 특별히 종교를 가지지는 않으셨다. 다만, 할머니와 어머니는 절에 다니셨다. 우리 가족은 물론 당시에는 문중에서도 교회에 다니는 사람이 단 한 명도 없었다. 그런데 이상하게도 기독교는 의지와 무관하게 내 인생에 깊이 관여했다.

내가 처음으로 기독교를 접했던 것은 중학교 시절이었다. 운문초등학교를 졸업하고 배정받은 학교가 공교롭게도 미션스쿨인 영광중학교였다. 그래서 중학교 3년 내내 월요일 첫 시간에는 예배를 드렸고 일주일에 한 시간은 성경 공부를 해야 했다. 월요일 예배는 반드시 참가해야 했고 수요일의 성경 공부는 시험을 쳤기 때문에 소홀할 수가 없었다. 신앙심은 없었지만, 어쨌든 공부를 했다. 주기도문, 십계명, 사도신경은 물론 시편의 주요한 구절들을 모두 외웠다. 그때까지는 시험공부일 뿐이었다. 주일날 교회에 나가지는 않았다. 연합고사를 치르고 배정받은 고등학교 역시 기독교재단이었다.

여기서 나는 인생의 전환점을 맞게 되었다. 어느 날 1년 선배인 차원형을 만난 것이다. 지금도 선배와 만났던 그 순간을 정확하게 기억하고 있다. 선배는 《사영리》라는 책자를 가지고 전도를 했다. 나는 중학교 3년 동안 성경을 공부했기 때문에 선배의 이야기가 낯설지는 않았다. 나는 주일에 선배와 함께 교회에 나가기로 했다. 대구의 반고개 정상에 있는 '내당교회'라고 하는 곳이었다.

내가 처음으로 교회에 갔던 날은 부활절이었는데 새벽예배에 참여하게 되었다. 부활절 새벽 예배는 통상 연합 예배로 진행된다. 지역에 있는 교회들이 공원이나 광장 같은 곳에 모여서 함께 예배를 드리는 것이다. 내가 갔던 날은 달성공원에서 연합 예배를 드렸다. 벚꽃이 만개한 새벽에 선배와 함께 예배에 참석했다. 새로운 세상이었다. 고향에서는 들어본 적 없는 종소리가 가까이서 들렸다. 늘상 외우기만 했던 성경 이야기는 새롭게 다가왔고 이미 알고 있던

찬송가를 사람들과 함께 부르는 일이 너무나 즐거웠다. 대구로 진학하면서 나는 그렇게 교회를 나가게 되었다.

신앙, 세상을 보는 눈이 되어 주다

나에게 기독교라는 종교, 그리고 내가 기독교를 신앙으로 갖는 것 자체가 보수적이기보다는 진보적으로 다가왔다. 현재의 우리 사회에서 기독교는 다분히 보수적으로 느껴질 수 있지만, 그때까지 내가 살아왔던 '시골'의 관점에서 봤을 때, 기독교는 진보적이고 변화 지향적인 성격을 가진 종교였다. 개인적으로는 기독교 신앙을 갖는 것은 새로운 사상을 받아들이는 것이었다.

무엇보다 그렇게 시작된 신앙생활은 나에게 하나의 지침이 되어 주었다. 형님과는 6살 차이가 났는데 내가 중학교에 입학하자마자 형님은 고등학교를 졸업하고 군대에 가 있었다. 아버지는 농사일을 하느라고 언제나 바쁘시고 나는 가족들과 떨어져서 혼자 자취를 하는 상황이었다. 나에게 조언을 하거나 가이드라인을 제시해 줄 수 있는 사람이 주변에 아무도 없었다. 결국은 스스로 모든 것을 고민하고 판단해야 하는 상황이었다. 고등학교, 사관학교 등 학교생활은 물론이고 사관학교를 졸업하고 장교로 임관한 이후에도 그와 같은 상황은 계속 이어졌다.

모든 것을 홀로 판단하고 홀로 결정해야 한다는 중압감은 만만치 않았다. 성인이 되기 전 성장 과정에서도 불확실한 미래 상황을 놓고 홀로 고심해서 결정해야 했다. 문제는 둘 중 하나를 선택할 수밖에 없는 상황에 놓였을 때이다. 그 선택이 어떤 결과를 가져올 것인지에 대해 명확하게 알고 있는 것도 아니고, 그 선택이 나에게 어떤 의미가 되어 다가올 것인지를 이해하고 있는 것도 아니었다. 무엇보다 어떤 것 하나를 선택했을 때, 그 선택으로 인해 다른 것을 포기해야 하는 상황은 고통스럽기도 하고 두렵기도 했다.

그 시절 내가 선택의 상황에서 스스로 결단을 할 수 있는 강단, 그리고 그 선택에 대한 확신이나 믿음 같은 것들을 나는 신앙을 통해 해결했다. 지금도 나는 무엇인가를 선택하는 상황에서는 그때와 마찬가지의 방식으로 해결해 나간다. 신앙은 나를 지켜주는 '손길'이었다. 그리고 매 순간 지속적인 성장과 삶의 변화를 이끌었던 힘의 바탕에도 신앙이 있었다. 그래서 항상 무슨 일이 생기면 기도를 하고, 그 기도를 통해서 중요한 결정이 해 나가고 있다. 그렇게 '나의 길'을 가는 것이다.

부모님의 반대, 그리고 이해와 배려

예상하지 못했던 것 가운데 하나가 부모님의 완강한 반대였다.

아버지께서는 "아니, 어려운 형편에 땅 팔아서 대구에 유학 보냈더니 교회가 가당키나 하냐!"면서 호통을 치셨다. 아버지는 공부하기 위해 대구로 진학을 했던 내가 교회에 다니는 것은 시간 낭비라고 생각하신 것이다. 이에 나는 주일에 교회에 가기 위해 하루에 1시간씩 잠을 줄이겠다는 논리로 부모님을 설득했다. 무엇보다 학교 성적이 뒷받침되지 않았다면 불가능한 일이었을 것이다. 그렇게 부모님의 허락을 받고 교회에 나가게 되었다.

우리 집은 보수적이었다. 아버지 역시 보수적이라고 할 수 있었지만, 그렇다고 해서 아주 완고한 편은 아니었다. 그나마 그 정도로 내가 부모님을 설득할 수 있었던 것은 모두 아버지의 성향 때문이었다고 생각한다. 결국 부모님 설득하기는 부모님의 마음으로 돌아가서 생각해 보는 것이었다. 나는 부모님이 반대하시는 이유를 충분히 이해하고 공감했다. 그리고 교회를 다니는 것을 통해 내가 얻을 수 있는 긍정적인 면을 부모님께서 이해하실 수 있도록 전달하기 위해 노력했다. 신앙생활을 통해 느끼는 즐거움이나 행복감, 그리고 책임감까지도 이야기하며 적극적으로 부모님을 설득했다. 같은 생각과 방법이라고 해서 언제나 같은 결과를 얻을 수는 없겠지만, 두 번이나 부모님 설득에 성공했던 경험은 이후에 내가 살아가는데 중요한 자산이 되어 주었다.

사실 나는 부모님을 설득하는데, 그렇게 많은 어려움을 겪지는 않았다. 누군가에게 확신을 준다는 것은 쉽지 않은 일이다. 우리는 주변 사람들이나 조건과 환경 등으로부터 자유로울 수는 없다. 하지만 인생은 누구나 스스로 결정한 대로 살아가는 것이다. 신앙은 단순하게 믿는 것 그 이상의 '무엇'이다. 한 사람의 삶 전반에 영향을 미치는데 가치관을 형성하고 행동을 결정한다. 그러므로 강요할 수 있는 성질의 것이 아니었다. 그래서 나의 바람 가운데 하나는 신앙심이 깊은 사람을 아내로 맞이하는 것이었다. 다행히 나는 신앙심이 깊은 아내를 만났고 부모님의 허락을 받아서 결혼했다. 아내는 내가 살아왔던 것과 상당히 다른 성장과정을 겪었다. 나는 아내가 스스로 부모님과 할아버지 할머니의 생활에 대해서 공감하고 이해하기를 바랐다. 아내는 우리 가족의 분위기에 잘 적응해 주었다. 그 결과 우리는 지금까지 행복하게 잘 지내고 있다.

제삿날에는 절을 하는 대신 기도를 드린다. 생전에 뵈었던 아버지, 그리고 할아버지 할머니에 대한 그리움과 함께 하나님께 드리는 기도이다. 제사의례를 우상숭배 등으로 금지했던 과거와 달리 현재는 돌아가신 부모님에 대한 사랑과 존경의 의미를 담아 추모예배나 제사에 참석해서 기도를 드리는 것을 어느 정도 수용하고 있다. 사람들이 살아가는 모습은 모두 다른 것이 어쩌면 당연한 일이기 때문에 이해와 배려가 필요하다는 생각을 하고는 한다.

힘든 시기를 견디게 만든 신앙의 힘

힘든 시기가 왔을 때 신앙은 나에게 큰 힘이 되었다. 아마 신앙이 아니었다면 견뎌내기 쉽지 않았을 것이다. 그 시기에 처음으로 외로움을 경험하게 되었다. 내 생각이 잘못된 것 아닌가 하는 의심이 들기도 했다. 그리고 타협하고 싶은 유혹도 생겼다. 사실 지나온 삶에서도 이런저런 어려움이 있었다. 어려운 환경 속에서 성장해 왔지만, 항상 어려움을 극복했고 스스로는 발전하고 있다고 생각했다. 당시까지 나는 지나온 시간에 대해서는 자부심을, 다가올 미래에는 희망을 가지고 있었다. 항상 선두 그룹에 속해 있었기 때문에 '내가 옳고 내 방향이 맞다.'라고 생각하면서 정점을 향해 달려 나갔다. 그런데 어느 순간 갑자기 모든 것이 꺾여버린 것이다. 그리고 그 이유 자체가 말도 안 되는 것이었다. 젊은 나이도 아니고 이제 공직을 마무리해야 될 시점에서 이런 일을 겪는 것에 대한 자괴감도 들었다. 이런 것들을 모두 이겨낼 수 있었던 것은 신앙의 영향이 상당히 컸다.

내가 처음 그 상황에 접했을 때는 사실 그렇게 심각하다고 생각하지는 않았다. 그래서 마음가짐도 '뭐, 이 정도 했으면 됐겠지. 군인으로서 진급도 힘들 것 같은데, 아쉽지만 이제 진급은 포기해야겠다.'라는 정도였다. 그런데 그렇게 정리되지 않았다. 시간이 지나면서는 개인의 신상 문제를 언급했다. 나중에는 직접적으로 관련이 없는 계엄문건이나 사드 배치 문제 등과 관련을 짓더니 최종적으로는 범법자 취급을 했다. 개인을 처벌하기 위한 수사와 압수수색은 또 다른 의미의 이야기였기 때문이다. 공직자로서의 정책적 판단을 법적으로 재단하는 것이 불합리하다고 생각했다. 그럼에도 불구하고, 도의적인 책임을 진다는 차원에서 지난날의 성과들을 모두 포기하겠다고 마음먹었다. '이제 군복을 벗고 조용하게 후학들을 가르치면서 하고 싶었던 책을 쓰는 일을 하겠다.'는 생각으로 대학의 연구재단으로 자리를 옮기려고 했지만, 그 길마저도 막히는 상황이 이어졌다. 지원했던 대학의 총장과 이사장과의 면접을 마치고도 임용이 되지 않았다. 그 과정들을 겪으면서 어디인지를 몰랐던 '바닥'을 보게 된 것이다. 그 와중에 '나는 어떻게 할 것인가?'를 생각했고 또 현실화하는 부분을 경험할 수 있었다.

처음에 그 상황을 마주했을 때, 너무 당황스러웠다. '이게 뭐지? 나한테 왜 이런 일이 생기는 거지?'하는 마음에 상황을 인정하기가 싫었다. 아니 인정할 수가 없었던 것이다. 그런데 시간이 지나고 스스로를 추스르고 상황을 인정하면서부터는 모멸감과 자기 자신에 대한 비하 같은 감정들이 생기면서 자포자기하고 싶다는 생각이 들기도 했다. 이번만큼은 쉽지 않을 것이라는 불안감이 밀려들었다. 그리고 알게 되었다. 이미 물러설 수 없는 길로 들어섰다.

내가 선택했고 나 스스로 이겨내야 했다. 이 모든 유혹을 딛고 일어나야 하는 상황에서 나에게 가장 많은 도움이 됐던 것이 기도의 힘, 신앙의 힘이었다.

정체되어 있는 현재의 상태를 벗어나 보다 나은 방향으로 발전하고 싶다면 우리는 현재에 도전하고, 새로운 생각과 경험을 향해 나아가고, 또 새로운 생각과 경험을 수용할 수 있어야 한다. 새로운 생각과 경험의 수용을 통해 현실에 안주하거나 순응하지 않는 일이나 도전을 통해 구태의연한 생각에서 벗어나는 일은 나를 지배하고 있는 뿌리 깊은 관념을 바꾸는 것이어서 결코 쉬운 일이 아니다. 그것을 가능하게 하는 것이 믿음이라는 사실을 나는 그때 알게 되었다.

2번의 유학,
그리고 동티모르 파병

두 번째 선택과 도전

새로운 도전, 육군사관학교

누구에게나 '처음'이 있다. 나에게 군인으로서의 첫걸음은 40여 년 전 육군사관학교 예비생도 시절의 '화랑 기초훈련'이었다. 화랑 기초훈련은 학생이자 민간인이었던 나를 사관생도로 탈바꿈시켰다. 이를 통해 예비 생도였던 나는 생도 생활에 필요한 가치관과 기초체력, 그리고 전투기술 등을 갖출 수 있었다. 또한 신조탑 참배, '재구의식', '사자굴' 행사, '태릉탕' 의식, 명예의식 등 육사의 전통과 명예를 계승하는 의식행사도 있었다. 나에게 이 시간 동안의 기억이 아직까지도 생생하게 남아 있는 이유는 4주 동안의 훈련과 의식행사를 통해 나는 내가 선택한 '군인으로 살아간다는 것'에 대해 높은 자긍심을 느낄 수 있었기 때문이다.

예비생도였던 내가 고된 훈련으로 힘들어할 때쯤 사자굴 행사가 열렸다. 사자굴 행사는 선배 사관생도들이 후배인 예비생도들을 위해 야간에 진행하는 행사였다. 선배 생도들은 예복을 차려입고 생활관 앞에서부터 화랑 광장에 이르는 길 위에 사자굴의 형태로 길게 도열해 있었다. 그리고 '아기사자'이자 예비생도였던 나는 선배들인 '어미사자'들이 만든 사자굴을 통과했다. 그 길을 통과하면서 경험했던 장엄한 모습과 선배들의 환호와 격려에 감동했었다. 그리고 도착한 화랑 광장에서 여단장 생도가 '아기사자'들인 우리에게 "고요하던 이곳 태릉골에 포효하는 새끼 사자들의 울음소리가 울려 퍼지고 있다. ……(중략)…… 참아라. 그리고 또 참아라. 사나이는 결코 울지 않는다."라는 격려의 말을 생각하면 지금도 숙연한 마음이 든다. 매일같이 외쳤던 '사관생도 신조'가 조금은 분명해졌다.

하나, 우리는 국가와 국민을 위하여 생명을 바친다.

둘, 우리는 언제나 명예와 신의 속에 산다.

셋, 우리는 안일한 불의의 길보다 험난한 정의의 길을 택한다.

처음에는 아무것도 모르는 상태였지만, 신조탑 참배, '재구의식', '사자굴' 행사, '태릉탕' 의식, 명예 의식 등을 치르면서 내가 막연하게 생각했던 사관생도, 그리고 군인의 길이 어떤 것인지를 알 수 있었다. 육사 내에 있는 작은 연못인 '태릉탕'에 전투복 차림으로 추운 겨울의 차가운 물에 들어감으로써 군인의 자세를 가다듬었다. 신조탑 앞에서 사관생도의 신조와 도덕률 제창하고 화랑 연병장 맞은편에 육군사관학교의 상징과도 같은 존재인 강재구 소령의 동상 앞에서는 "여기 해, 달같이 눈부신 기백과 열정, 끝없이 타오르는 횃불이 있다."로 시작하는 동상에 새겨진 글을 읽으며 부하들을 구하기 위해 수류탄을 덮친 강재구 소령을 기리고, 그의 숭고한 희생정신, 그리고 투철한 군인정신을 되새겼다.

명예는 '인격과 능력을 겸비하고 조국에 평생 봉사하는 미래 육군의 리더'가 되어야 하는 사관생도에게 있어 최우선적이며 필수적인 구비 요소이다. 예비생도는 명예의식에서 처음으로 예복을 착용한다. 예복은 사관생도에게 비를 맞게 하면 안 될 정도로 신성한 의미를 지니고 있다. 명예의식은 처음으로 신성한 예복을 착용한 예비생도가 선배 생도로부터 육사의 명예와 전통을 이어받는다는 의미를 지닌 의식이다. 육군사관학교의 명예 전통이 선배로부터 후배에게 이어진다는 상징적인 의미에서 2학년 생도는 예모의 하얀 깃과 예복의 황색 벨트를 예비생도에게 전달한다. 예모의 하얀 깃과 예복의 황색 벨트를 받은 후배 생도는 "나는 대한민국의 육군사관학교 생도로서 사관생도 신조 및 도덕률을 준수하고 명예에 관한 나의 책임을 다할 것을 엄숙히 선서합니다."라는 명예 선서를 함으로써 명예 전통을 계승하겠다고 다짐하는 것으로 행사의 대미를 장식한다.

새로운 도전은 언제나 나를 설레게 한다. 4주 동안의 훈련과 의식행사를 통해 "나는 할 수 있다!"는 결의를 다질 수 있었다. 그리고 그것이 내 군 생활 38년의 첫 걸음이었다. 그때 나는 '사관생도 도덕률'에 어긋나지 않게 살겠다고 생각했다. 돌아보니 부족했지만, 크게 부끄럽지는 않은 것 같다.

사관생도 도덕률

하나, 사관생도는 진실만을 말한다.

둘, 사관생도의 행동은 언제나 공명정대하다.

셋, 사관생도의 언행은 언제나 일치한다.

넷, 사관생도는 부당한 이득을 취하지 않는다.

다섯, 사관생도는 자신의 언행에 대하여 책임을 진다.

'정책형 장교'가 되기 위한 미국 유학

언제인지는 정확하게 알 수 없지만, 머지않은 장래에 우리 군에도 '전문가의 시대'가 올 것이라는 생각했다. 우리 군이 전문가집단을 지향한다면 나 역시 이에 대비할 필요가 있다는 생각이 들었다. 군에서도 내부적으로 국외 유학, 국외 연수, 세미나와 포럼 참석, 대외기구 활동을 지원한다. 도전의 기회는 열려 있는 편이다. 하지만, 자신의 선택에 두려움 없이 마음껏 도전하게 하고, 열렬히 응원하는 문화로까지는 나아가지 못하고 있는 상황이었다.

그럼에도 불구하고 의미 있는 도전에는 감격의 드라마가 펼쳐지기 마련이다. 지나온 나의 삶은 자체가 도전이었다. 내 앞에 참고할 만한 선례는 없었다. 스스로 찾고 스스로 창조했다. 남들이 할 수 없다거나 불가능하다고 하는 일들을 개척자처럼 해내기도 했다. 주변의 동료들로부터 '배짱의 승부수'라 일컬어질 정도이다.

내가 '야전형 장교'에서 '정책형 장교'로 진로를 바꾼 일도 이와 무관하지 않다. 위관급 장교는 열심히 몸을 움직여 뛰어다니면서 지휘를 한다. 동료들이나 부하들과 같이 뛰면서 같이 호흡하는 것이 중요하다. 위관급 장교가 진급을 해서 영관급 장교가 되면, 이제 머리로 일을 하면서 지휘를 해야 하는 시점을 맞게 된다. 동료나 부하들과의 함께 어울리는 능력도 중요하지만, 이에 더해 기획 능력이 필수적인 시점을 맞게 되는 것이다. 상급 부대, 혹은 국가 기관의 참모로서 중장기적인 계획과 발전 방향을 기획하는 일이 임무로 주어지기 때문이다. 그리고 이런 임무를 수행하는 영관급 장교가 장군이 되기 위해서는 담력과 결단력이 필요하다고 생각한다. 어떤 일에 대해 의지를 갖고 결심하고 결단하고 밀어붙이는 부분이 장군에게 요구되는 중요한 덕목이기 때문이다. 군대에서 장군은 모든 것을 다 걸고 임무를 수행한다. 자신은 물론 부하들의 목숨을 걸고 조직을 위해서, 그리고 대의를 위해서 많은 일을 완수해야 할 때가 있기 때문이다. 실제로 주변의 동료나 선후배들을 둘러봐도 결단력이 탁월한 사람들이 장군으로 진급하는 경우가 많다.

나 역시 대위 시절까지는 특전사에 있었고, 특전사에서 맺었던 인연들은 지금도 이어지고 있다. 군인이 되기로 한 삶이라면 누구나 야전 지휘관에 대한 꿈이 있다. 그런데 어느 날 정책과 기획, 전략 분야로 가게 된 것은 야전에서 부하들과 같이 훈련하고 뛰고 뒹구는 일도 중요하지만, 그에 못지않게 중요한 것이 조직의 중장기 정책과 전략을 그려내는 일이라는 생각 때문이었다. 미국의 올드 도미니언 대학으로 유학을 떠나게 된 이유 자체가 영관급 장교가 된 이후에 대한 고민에서 비롯된 것이다. '야전형 장교'로서의 역할 못지않게 우리 군에 '정책형 장교'가 필요하다는 생각으로 다시 공부를 시작했다. 당시에 유학보다는 현장에서 지휘관으로 있어야 한다고 조언을 했던 선배들이 있었다. 하지만, 영관급 이후라는 장기적인 관점에서 생각하면 지금은 내가 제대로 준비가 안 되어 있었기 때문에 유학이 필요하다고 판단했고 이를 실행했다. 그리고 무엇보다 지금과 달리 '야전형 장교'보다 '정책형 장교'가 필요한 시점이 올 것이라는 나의 판단이 틀리지 않을 것이라고 믿고 있었다.

정책형 장교는 야전과 정책을 모두 아우르는 사람이다. 나 역시 중대장, 대대장, 연대장, 그리고 사단장까지 야전을 두루 경험했다. 그리고 연대와 사단은 물론 합동참모본부와 국방부, 그리고 청와대에서 참모로 일하면서 주요 상급 부대의 정책도 기획했다. 결국 두 가지 영역을 모두 경험했다. 당시에 나는 대한민국의 군인 중에 훌륭한 선배들도 많다고 생각했지만, 대부분이 '야전형 군인'들이었다. 그들은 현장에서는 누구보다 뛰어난 분들이었는데 정책을 기획할 수 있는 능력까지 가진 분은 많지 않았다. 군인도 때로는 예산을 확보하는 일이나 국민들의 동의를 얻어야 하는 문제에 부딪히게 된다. 국회와 정부의 각 부처를 설득해야 하는데 그 부분들이 제대로 이루어지지 않고 있었다. 결국은 중장기적인 군의 발전 전략을 구현하기 위해서는 이를 실질적으로 기획하고 준비할 수 있는 군사 정책 전략가들이 군에서도 필요하고 그렇지 않으면

군이 발전할 수가 없다고 생각했다. 그래서 준비했고 그 결과 나는 누구나 인정하는 정책과 전략의 전문가가 되었다.

동티모르 평화유지군 파병

동티모르는 18세기 중반부터 포르투갈의 식민 지배를 받았고 1975년에는 인도네시아의 27번째 주로 강제 편입됐다. 원주민들의 독립투쟁과 국제사회의 지원으로 1999년 8월 30일 유엔 감시하에 주민 투표를 실시했고, 독립이 가결되었다. 이후 반독립 민병대 폭동으로 유혈 사태가 발생했으나 상록수부대를 비롯한 다국적군이 파견돼 치안유지 임무를 수행한 덕택에 2002년 5월 20일 독립을 선포했다. 250년이 넘는 외세의 지배를 벗어난 동티모르는 21세기에 등장한 최초의 신생 독립국이 되었다.

상록수부대는 파병기간 동안, 유엔 다국적군에서 유엔 평화유지군(PKF)의 동부여단으로 소속이 바뀌었다. 주요 임무는 동일하게 주둔지 인근 지역에 대한 치안유지 및 인도적 구호 활동을 지원하는 역할이었다. 새마을 운동의 성격을 띤 '호메마을 프로젝트(Village Home Project)'를 통해 현지인에게 자활 의지를 심어주었다. 먼저, 호메초등학교 배수로 건설을 시작으로 마을에 공동 우물과 공동 양계장 등을 조성했다. 특히 공동 양계장에서는 주민과 학생들이 지도교사의 감독 아래 양계 기술을 배울 수 있게 했다. 이와 함께 공병대의 중장비를 투입해 개간 작업을 진행했고 그 결과 경작지 2.5ha를 확보했다. 뿐만 아니라 농기구 수리, 태권도 교육, 이발소 운영 등 다양한 대민 지원을 벌여 '다국적군의 왕(말라이 무띤)'이란 별명을 얻기도 했다. 동티모르의 지도자를 비롯해 주민들도 대한민국이 새마을 운동을 통해 일제의 식민 지배와 6·25전쟁 등의 어려움을 극복하고 일어난 것을 알고 있었기 때문에 적극적으로 참여했고 배우려 했다. 24개국 병력이 파견되어 있는 평화유지군 내에서 상록수부대는 가장 높은 점수를 얻었다. 상록수부대가 담당했던 라우템 지역은 유엔 평화 유지군 사령부로부터 동티모르 13개 군 중 가장 안정된 지역이라는 평가를 받아 치안 시범지역으로 선정되기도 했다.

상록수부대는 평화유지활동을 위해 해외에 파병된 건군 이래 최초의 보병부대였다. 나는 그곳에서 동부사령부 한국군 연락장교와 사령관 정책보좌관을 겸직하고 있었다. 낮에 섭씨 34~35도를 오르내리는 무더위에 부족한 식수, 말라리아를 비롯한 풍토병 등 근무조건이 매우 열악했다. 하지만, 부대원들의 자부심은 높을 수밖에 없었다. 이는 임무의 성공적인 수행으로 나타났다. 상록수부대는 다국적군 참여부대 중 가장 먼저 평화유지군으로 전환되었고, 부여된 임무를 성공적으로 마쳤다.

뿐만 아니라, 대한민국의 국위 선양에도 크게 기여했다. 특히 위험한 지역에서 임무를 수행하면서도 단 한 건의 충돌사고가 없었다는 점은 한국군의 우수성을 내외에 과시한 것이었다. 상록수부대가 성공적으로 임무를 마칠 수 있었던 것은 부여된 군사작전 임무 수행뿐만 아니라, 대민관계에서 주민들과 친화적인 관계를 유지하고 있었기 때문이었다. 주민들에게 한국군의 존재가 안전과 평화를 보장해주고 있다는 신뢰를 심어 주었던 것이다. 군과 주민과의 신뢰가 성공적인 임무 수행에 얼마나 중요한지를 알게 되었다. 나는 그것이 그곳에서 부족한 실전을 경험했던 일만큼이나 중요하다고 생각한다. 그에 미칠 수는 없지만, 유엔 평화유지군 활동을 통해 나를 비롯한 우리나라의 장교들이 국제화 감각을 익힌 것역시 대한민국 군대의 발전을 위한 초석이 될 것이라고 생각했다.

나토 국방대학에서의 유학

나토(NATO) 국방대학은 1951년 건립되었고 이탈리아 로마에 위치해 있다. 이곳에서는 세계 안보 환경, 나토 회원국의 상황과 과제, 초국가적 협력 과정 등을 교육한다. 나는 2009년에 대한민국 군인으로는 최초로 나토 국방대학에 입학해 국방정책을 연구했다. 당시의 경험과 네트워크가 나토나 유럽 쪽에 방위산업수출을 진행하는 일에 도움이 된 것은 사실이다. 그때 같이 연구하고 토론을 진행했던 사람들과의 친분도 있겠지만, 무엇보다 그들의 문화적인 부분에 대한 이해가 많은 도움이 되었다. 국익을 다루는 협상 과정에서도 상대에 대한 이해, 상대의 문화에 대한 이해 같은 요소들은 협상의 결과에 많은 영향을 미치기 때문이다.

북대서양조약기구, 즉 나토는 31개 회원국(조만간 스웨덴이 가입하면 32개국이 된다.)을 가진 세계 최대의 군사 동맹체이고 회원국의 자유와 안전을 보장하기 위해 회원국들의 집단방위를 약속하고 있다. 즉 한 회원국에 무력이 행사되면 이를 전체에 대한 공격으로 간주해 공동으로 대응하겠다는 '집단안보' 내용을 명시하고 있는 것이다. 나토 국방대학에 가서 경험했던 것 중에서 가장 인상적이었던 것은 문화의 차이를 극복하는 방식이었다. 앞서 말한 것처럼 나토는 다자동맹이다. 다자동맹이라는 특성 때문이겠지만, 나토의 의사결정은 회원국의 만장일치에 의해 이루어진다. 스웨덴의 나토 가입은 오직 튀르키예의 반대로 이루어지지 않고 있다. 31개 회원국 가운데 하나의 국가라도 반대하면 어떤 결정도 내릴 수 없는, 어떻게 보면 비합리적이고 의사결정 속도에도 문제가 있는 전원합의체이다. 하지만, 여기에는 단점만 있는 것이 아니라 장점들이 있다. 반대하는 국가를 설득하기 위해 끊임없이 만나서 논의하고 토의하는 협상을 진행하는데, 이를 통해 이견을 줄이고 합의에 이르는 과정들을 보는 아주 중요한 계기가 됐다.

지금에서 돌아보니, 이것이 진정한 '정치'라는 생각이 든다. 지금 우리나라의 정치권에서는 다수의 힘으로 무조건 밀어붙이면 된다는 생각이 팽배해 있다. 그렇게 하는 것이 이기는 길이라고 생각하는 것이다. 과연 그것이 이기는 길일까? 나토의 경우에는 협의의 대상이 '다자'이고 전원합의를 채택하고 있기 때문에 그런 식의 의사결정은 이루어지지도 않고 이루어질 수도 없다. 설사 말도 안 되는 얘기를 하고 억지를 부려도 경청하고 조율하면서 설득해 나가는 과정들을 지켜보는 것은 나 자신을 돌아보는 좋은 경험이 되었다.

나는 야전형 장교들을 위주로 이어져 오던 우리 군에서 정책형 장교 '1세대'이다. 1세대로 새로운 길을 개척했던 사람이고 이를 현실화한 경험도 있다. 중장기적인 군의 발전 전략과 기획들로 언론, 국회, 그리고 정부를 설득하는 과정들을 경험했다. '국방개혁 2020'는 실무자로 참여했고 '국방 혁신 4.0'을 비롯한 윤석열 정부 국방개혁안 입안 등에 역할을 했으며 '국방혁신위원회'에도 참여했다. 사실은 이런 기획에 참여할 수 있었던 것은 내가 미국 유학과 대한민국 최초로 나토 국방대학을 다니면서 꾸준히 준비해왔기 때문이다. 미리미리 준비를 했고, 그래서 군이나 국가에서 필요한 시점에 역할을 할 수가 있었다.

이것은 정치에서도 마찬가지일 것이다. 정치 일선에서 주민들과 같이 호흡하고 공감하는 것은 너무나 중요한 일이다. 하지만, 이와 더불어 궁극적으로는 꿈과 비전이 있어야 한다고 생각한다. 지역의 발전과 관련된 '롱텀'의 비전을 가져야 하고, 이 비전을 구체화시킬 수 있는 기획 능력이 필요하다는 것이다.

진정한 승리는
'패배'를 극복하는 것

세 번째 선택과 도전

국방비서관이었다는 이유만으로

2010년 10월 수요일 오후였다. 당시 나는 인천에 위치한 제17 보병사단의 사단장으로 근무하고 있었다. 사단 참모와 직할대장들과 무이도 지역을 정찰하고 있었다. 장혁 청와대 국방비서관으로부터 전화가 걸려 왔다. 대통령님께서 당신을 내 후임 국방비서관으로 임명하기로 했으니 준비를 하라는 내용이었다. 일주일 후 사단장직을 마치고 10월 마지막 주 금요일에 국방비서관으로 임명되었다. 그리고 그 다음날인 토요일에 광화문에서는 대규모의 촛불 시위가 진행되었다.

촛불이 타오르면서 정국은 혼란스러워졌고 결국 탄핵으로 이어지면서 문재인 정부가 출범하게 되었다. 나는 전 정부의 국방비서관이었다는 이유로 사드 배치와 관련해서 민정수석실로부터 조사를 받게 되었다. 얼마 후에 국방비서관직을 사임하고 국방연구원(KIDA)의 연구원으로 대기했다가 3개월 후에 대전 육군교육사령부의 교육훈련부장으로 발령이 났다. 박근혜 정부의 사람이었다는 이유 때문에 나는 진급은 생각조차 할 수 없었다.

그러던 어느 날, 검찰이 사무실로 들이닥쳤다. 계엄문건과 관련된 혐의가 있다고 해서 압수수색을 나온 것이었다. 생전 처음 당하는 일이라 당황스러웠다. 부하들과 회의 중에 들이닥친 검찰은 사무실의 모든 서류와 책자, 그리고 컴퓨터의 자료들을 들여다보고 가져갔다. 집에도 압수수색이 이루어졌다. 그리고 나는 동부지검에서 조사를 받았다.

내가 평생을 군에 투신하겠다고 마음먹었는데 '힘든 시기'를 맞았다고 해서 포기하면 인생의 실패자가 될 것 같았다. 그래서 버텼다. 정말 열심히 버텼다. 이미 언론을 통해 알려진 것처럼 있지도 않은 사실을 가지고 국방비서관이었다는 이유만으로 계엄문건과 관련된 혐의를 인정하라고 다그쳤다. 나는 당시의 상황을 차근차근 설명했고 계엄문건의 허구성을 주장했다. 조사가 끝날 무렵인

2019년 5월, 나는 수도군단 부군단장으로 좌천되었다가 6개월 후에 전역 조치되었다.

내가 몸담은 군 조직은 외부의 시선으로 봤을 때, 세상의 변화에 기민하게 대응하지 못해서 답답해 보이고 보수적으로 느껴질 수 있다. 하지만, 좀 다른 시선으로 볼 수도 있다. 군 조직은 빠르게 변화하지는 않았지만, 그럼에도 언제나 성실했다. 답답해 보였지만 언제나 일관된 목표를 가지고 있었으며 보수적으로 느껴졌지만 합리적이었다. 하지만, 38년 군 생활의 마지막에 내가 겪은 그 '군 조직'은 그렇지 않았다. 38년 동안 지속되었던 나의 군 생활은 너무나 쓸쓸하게 마무리되었다. 소장으로 진급할 때까지는 가장 선두에 서 있었지만, 단지 박근혜 정부의 국방비서관이었다는 것이 군 생활을 그만둬야 하는 이유였다. 하지만, 나는 실망하지 않고 후배들을 위해 대학교에서 후진양성을 하려고 했다. 연구재단에서 운영하는 겸임교수에 응모했지만, 두 차례나 떨어졌다. 이유를 알 수가 없었다. '이 정부에서는 아무것도 할 수 없겠다.'는 생각에 책을 쓰기로 했다. 그렇게 해서 나온 작품이 《약함 너머》이다.

✏ 실패에서 배운 '노하우'

이 시기에 내가 겪었던 어려움은 내가 이전에 겪었던 어려움이

나 어떤 좌절의 경험과는 질적으로 완전히 다른 의미의 것이었다. 한 치 앞이 보이지 않는 캄캄한 암흑과도 같은 시간이 5년 동안이나 지속되었다. 그 5년은 나를 돌아보는 시간이었다. 아픔을 인내하는 시간이었고, 분노를 다스리는 시간이기도 했다.

다른 한편으로는 새로운 '노하우'도 알게 되었다. 우선 패배를 극복하기 위해서는 패배를 인정해야 한다는 것이었다. 박근혜 대통령의 탄핵은 2017년 3월 10일 헌법재판소에서 결정되었지만, 이미 2016년 12월 9일에 국회 본회의 의결로 대통령의 권한이 정지된 상태였다. 그리고 내가 국방비서관으로 임명이 된 것은 2016년 10월 26일이었다. 임명된 후 1달 남짓의 시간으로 나는 적폐의 '몸통'이 되었고 계엄문건에 깊이 관여한 인물이 되어 있었다. 사실이 아니었기 때문에 처음에는 억울하다는 생각이 들었다.

하지만, 나중에 생각을 정리하면서 그 상황을 인정하고 이해할 수 있었다. 일단 내가 국방비서관으로 임명되었다는 것 자체가 다른 사람들이 보기에는 이미 정치의 영역으로 들어온 것이라고 판단할 수 있는 근거가 되었다. 그리고 다른 사람들이 보기에 내가 정치의 영역에 발을 들인 것으로 보인다면, 그로 인해 발생한 결과 역시 받아들여야 된다고 생각했다. 운명적인 부분이라고 생각하고 감수해야 한다고 결론을 내렸다. 그렇지 않았다면 그 시기를 견디는 것이 더욱 어려웠을 것이다. 다만, 그들이 내린 결정을 나름대로 이해하고 내가 수용했다는 것이지 그들의 결정을 존중해야 한다고는 생각하지 않았다.

그리고 패배를 인정한 후에는 패배의 이유를 파악했다. 이를 바탕으로 나 자신의 부족한 점을 찾아내어 앞으로 개선해야 할 부분을 파악한 다음 이를 개선하기 위한 계획을 세울 수 있었다. 그리고 긍정적인 마인드를 유지하는 것이 중요하다는 사실도 알게 되었다. 패배 후에는 자신감이 떨어질 수 있는데 이를 극복하기 위해서는 자신의 장점과 성장한 부분을 돌아볼 필요가 있었다. 자신의 장점과 성장한 부분을 인정함으로써 자신감을 회복할 수 있기 때문이다.

우리는 실패로부터도 배우고 비난 속에서도 깨닫는다. 이렇게 패배를 극복하는 가운데 미래가 열려오는 것이다.

작고 볼품없는 꽃을 피우더라도

바닥이 어딘지 모르는 상황 속에서 '트라우마'가 생겼다. 흔들리지 않고 스스로 내면을 성찰하면서 이겨내는 것은 쉽지 않았다. 매일 아침 기도를 마치면 자전거를 타고 안양천과 한강이 합류하는 지점까지 갔다. 흘러가는 한강을 바라보면서 여러 가지 생각들을 정리했고, 그것을 《약함 너머》라는 책에 옮겼다.

지금도 마찬가지지만, 당시에 나는 '온실 속에서 자란 나무는 아무리 화려하게 꽃을 피우더라도 절대 온실보다 더 높이 클 수는 없다.'는 이야기를 후배들에게 들려주고 싶었다. 자신의 처지가 어렵고 힘들더라도 젊은이들이 도전 정신을 갖고 매사에 임하기를 바라는 마음이 전달되기를 바랐다. 우리가 안주하며 살아가는 곳은 어쩌면 모두 '온실' 같은 곳일 수 있다. 그러므로 학교든 회사든, 혹은 다른 어떤 곳에서든 작고 볼품없는 꽃을 피우더라도 원하는 높이만큼 자랄 수 있는 나무가 되는 선택을 할 필요가 있다. 물론 그런 일이 있기 전까지도 나는 환경이나 현실의 어려움과 부딪치면서 성장해 왔다. 하지만, 2017년부터 시작된 5년 동안의 담금질이 없었다면 '지금의 나'는 아닐 것이다. 적어도 지금의 내가 바라보는 세상과 어려움 없이 그 시절을 지나간 다음에 내가 바라봤을 세상은 완전히 달랐을 것이라고 생각한다.

이렇게 과거를 돌아보니 나의 정치적인 지향이 분명해지는 것 같다. 적어도 당한 만큼 돌려주겠다는 것이어서는 안 된다는 생각이 든다. 내가 당했다고 해서 그대로 돌려주면 계속 반복되는 악순환에 빠질 뿐이다. 내가 몸담은 조직이나 우리 사회에도 도움이 되지 않고 나 자신에게도 전혀 도움이 되지 않는다. 최선을 다했고 잠깐 동안이지만, 결국 패배했다고 생각했다. 패배했다고 생각했지만, 극복하는 방법을 배웠다. 그때의 교훈이 가슴에 남아있다. 패배의 아픔과 고난, 그리고 수치스러운 과정을 겪었지만 지난 일을 곱씹으며 그 자리에 머물지 않고 앞으로의 일을 생각하면서 살아가야 한다는 것이다.

나의 꿈을
키워준 고향
'조우골'

intro

내가 태어난 곳은 경상북도 영주시 이산면 운문2리, 영주시에서 10km 정도 떨어진 '조우골'이라는 작은 마을이다. 언젠가 조우골이라는 이름의 유래를 찾아보면서 나는 육군사관학교를 졸업하고 평생을 군인으로 살았던 것이 운명이 아닌가라는 생각을 한 적이 있다.

조우골이라는 마을의 이름은 '수리 조(鵰)'와 '송골매 골(鶻)', 즉 '조골(鵰鶻)'에서 유래되었다고 한다. "매 중에 가장 뛰어나고 털빛이 흰 것을 송골(松鶻)이라 하고, 매와 비슷하면서 눈이 검은 것을 조골이라고 하는데 매도 잡을 수 있다."는 문헌의 기록에서도 알 수 있듯이 마을 이름인 조골은 매를 사냥하는 용맹스러움을 의미한다. 이는 예천 임씨의 선조이자 조선의 4번째 왕인 세조 시절에 형조판서를 지낸 양양군 임자번을 상징하는 것이라고 한다. 동네에 사당이 남아 있는데, 후손들이 이를 기리기 위해 지은 마을 이름이 조골인 것이다.

조골 마을은 조선 후기에 와서 조문동(照文洞)이 되었다. '마을에서 학가산 문필봉(文筆峰)이 보인다고 하여 조문동이 되었다.'고 전해진다. 문필봉의 첫 글자인 '글월 문(文)'이 마을에서 문필봉이 보인다는 의미를 뜻하는 '비출 조(照)'와 결합해서 만들어진 이름인 것이다. 나중에 조문동은 조곡(照谷)이라 불렸는데, 그것이 오늘날 '조우골'이 되었다. 이렇게 조골은 오랜 세월이 지나는 동안에도 그 본래의 이름을 잃지 않고 지금까지도 '조우골'이라 불리고 있다.

나는 어려서부터 어른들이 마을 이름의 원형인 조골처럼 용맹스러운 군인이 태어날 것이라는 이야기를 들으며 자랐다. 조우골은 12개 마을로 이루어져 있다. 안동 김씨가 개척한 새터마, 예천 임씨가 터를 잡은 섬밭골(島田)을 비롯해 돌틈 사잇길로 다녔다는 돌틈이, 다래덩굴이 우거진 초계골, 울창한 숲이 무성한 노푸레, 기와를 구웠다는 기와골, 소가 풀을 뜯고 있는 형상이라 하여 풀소난골, 집골, 양지마, 분홍골, 홍살미, 평지마을이 바로 조우골에 자리 잡은 12개의 마을이다. 조우골 12개 마을 중 예천 임씨 집성촌으로 500년 동안 대대로 모여살고 있는 섬밭골이 내가 나고 자란 마을이다. 조우골의 원래 이름인 조골이라는 고향마을을 떠올릴 때니다 내가 육군사관학교에 진학하고 군인이 된 것도 어쩌면 운명이 아닐까하는 생각이 든다.

사과나무를 심었던
내 아버지의 마음으로

지붕에 그린 그림

나는 가난한 농부의 아들로 태어났다. 조우골에는 10여 가구가
모여 있는데 마을 사람들 모두가 농사를 지으며 살았기 때문에 형
편은 거의 비슷비슷했다. 그 시절에 내가 겪은 변화 중에서 아직
도 선명하게 기억나는 것이 마을에 전기가 들어온 일이었다. 그전
까지 우리는 촛불을 켜고 살았다. 그 촛불 아래에서 나와 형제들은
책을 읽었고 어머니는 바느질을 했다.

내가 초등학생이던 1970년대는 우리나라의 웬만한 소도시에도
전깃불이 보급되어 있었지만, 그 정도의 사소한 문명의 이기도 내

가 태어난 조우골에서는 누릴 수 없었다. 그 시절에 '새마을운동'이라는 새로운 물결은 어김없이 우리 마을에도 찾아들었다. 이것이 다행이라면 다행일 것이다. 영주에서도 외진 마을인 섬밭골에도 새마을운동의 영향으로 볏짚으로 된 초가 지붕을 슬레이트나 기와로 개량하는 사업을 하고, 전기를 끌어왔으며, 마을로 들어오는 길을 정비하는 사업 등이 진행되었다.

우리 집의 지붕을 개량한 것도 그 즈음의 일이었다. 지금까지 어머니가 살고 계신 집의 지붕 한쪽에는 초등학생 시절에 내가 올라가서 아직 굳지 않은 시멘트 위에다 그려놓은 해바라기 그림과 함께 내가 그렸다는 표식이 희미하게 남아 있다. 왜 그랬던 것인지에 대해서는 정확한 기억이 없다. 어린 나이에 지붕 위에 올라가서 해바라기 그림을 그렸던 것을 보면 마냥 좋았던 것 같다.

'형설지공(螢雪之功)'이라는 놀이

우리 마을의 사람들은 하나같이 자식 교육에는 열성이어서 아이들을 학교에 보낸 것이 다른 마을과 다른 점이라면 다른 점일 것이다. 학교 교육 외에도 집에서는 할아버지, 또는 증조할아버지께서 한자를 가르쳤는데 내가 배운 《천자문》이나 《동몽선습》 정도는 필수적인 교양이었다. 그 과정에서 어른을 공경하고, 형제간의 우애

나 이웃과의 화목 등이 인간의 필수적인 덕목인 '인륜'이라는 것도 배울 수 있었다. 이렇게 자연스럽게 배운 인륜이라는 덕목은 집안은 물론 마을이라는 작은 공동체의 질서와 화목을 유지하는 기본적인 가치로 자리하고 있었다.

질서와 화목을 유지하며 살아가던 작은 공동체도 마을 앞에 신작로를 닦는 일에 대해서는 약간의 갈등이 있었다. 신작로 공사에는 마을이 발전하기 위해서는 소나 우마차가 다니던 마을의 길을 정비하는 것이 필수적인데 한 가지 문제가 있었다. 좁은 길을 넓히기 위해 필수적인 길의 주변에 있는 토지 수용이 걸림돌이었던 것이다. 그렇지 않아도 논과 밭이 넉넉지 않은 산골마을이었기 때문에 누구도 선뜻 길을 내는데 필요한 땅을 내놓지 않았다. 자신의 논이나 밭이 포함된 주민들의 반대가 심했다. 길을 정비하는 일은 차일피일 미뤄지고 있었다.

마을에서 우리 집이 그나마 논밭이 땅이 제일 많았기 때문에 아버지의 결심이 필요했다. 당시에는 할아버지께서 계셨지만 집안의 일은 주로 아버지가 도맡아 하셨다. 결국 가장 많은 땅을 가진 우리가 먼저 토지수용에 동의를 해야 다른 사람들도 동의를 할 것이라는 생각으로 아버지가 나서서 할아버지를 설득했다. 아버지는 마을에 길을 닦아야 우마차 대신에 차도 다닐 수 있고, 그래야 앞으로 마을의 발전을 기대할 수 있으니 지금 토지수용에 우리 소유의 논밭 일부가 포함되어도 결코 손해가 아니라는 논리로 할아버지를 설득을 해서 수용에 동의를 했다. 아버지는 같은 논리로 반대하던 마을 사람들도 설득할 수 있었다. 이후의 일은 일사천리로 진행되었다.

전기를 끌어오고 다음으로 지붕 개량을 할 때도 아버지와 마을의 젊은 사람들이 앞장을 섰다. 당시에 이 지역에서는 아버지가 가장 젊은 층이었다. 아버지와 몇몇 마을 분들이 합의해서 전기를 끌어오기 위해서 노력했다. 아직도 기억나는 것은 초등학교 4학년 때쯤 전기가 들어왔는데, 그전까지는 여름이 되면 형과 함께 반딧불을 잡아 유리병에 모아 놓고 형설지공(螢雪之功)을 흉내 내며 책을 읽었는데 돌이켜보면 그것은 하나의 재미있는 '놀이'였다. 내게는 아름다운 추억이지만, 아버지는 이를 자식들에게 계속해서 물려줄 수는 없다는 생각을 갖고 있었을 것이다.

최초로 무엇인가가 이뤄진 순간은 개인적인 것이든 역사적인 것이든 오래도록 영향을 남기기 마련이다. 전기 역시 마찬가지다. 나이 지긋한 분들 중에서 '우리 집에 전기가 처음 들어오던 날'을 추억하는 경우를 흔히 볼 수 있다. '우리 집'에서 있었던 신기한 일이 어찌 개인만의 경험이었겠는가. 전기가 단지 생활의 편리가 아니라 '문명' 혹은 '문화'의 한 방편으로 다가왔을 것이다. 으스름하게 일렁거리던 촛불이나 남폿불이 아니라 한낮 방처럼 밝게 만들어주는 전구에 불이 들어오는 경험은 오늘을 살아가는 젊은 세대는 상상할 수 없는 경이로움 그 자체였다.

할아버지와는 다른 삶을 살았던 아버지

우리 집은 증조할아버지부터 할아버지, 아버지, 그리고 나와 형제들까지 이렇게 4대가 모여 살았다. 우리 집안의 내력을 보면 증조할아버지는 '둘째'이셨다. 같은 동네에 계셨던 증조할아버지의 형님, 즉 종증조할아버지께서는 유명한 유학자여서 제자들이 상당히 많았다고 한다. 어른들의 말씀에 따르면 종증조할아버지께서 돌아가셨을 때 하얀 도포를 입고 장례식을 찾은 제자들로 산이 하얗게 바뀔 정도였다고 한다. 증조할아버지와 할아버지 때까지 우리 집의 분위기는 크게 바뀌지 않았던 것으로 보인다.

어린 시절 기억 중에 뚜렷하게 남아 있는 것 하나는 증조할아버지와 할아버지의 친구 분들이 전국 각지에서 우리 집을 방문하셨던 일이다. 대청마루나 사랑방에다 먹과 벼루를 가져다 놓고 글을 쓰시고 서로 토의를 하며 밤을 꼬박 새셨다. 그분들의 수발을 어머니가 다 하셨다. 내가 초등학교를 다니는 동안에 《천자문》과 《동몽선습》을 배웠던 것은 그 영향이었을 것이다. 그러면서 할아버지, 아버지, 그리고 지금 고향에 계신 어머니까지 대대로 '섬밭골'이라는 마을에서 살아가는 모습을 보며 자랐다. 내가 자라면서 봤던 아버지의 삶은 증조할아버지와 할아버지의 삶과는 완전히 달랐다. 증조할아버지와 할아버지께서는 여전히 '유학자'로서의 삶을 살아가고 계셨지만, 내 눈에 비친 아버지는 농부로서의 삶을 살았기 때문이다.

돌이켜 보면 아버지는 규모가 그리 크지 않은 농사를 지으면서 4대가 모여 사는 가정의 살림을 모두 책임지셨던 것이다. 아버지는 땀 흘려 일하면서 땅을 일궈 자식들을 가르쳤다. 아버지의 아들로 태어난 내가 아버지와는 다른 방식의 삶을 살아갈 수 있는 유일한 이유는 바로 아버지가 계셨기 때문이다.

누구나 세상에 태어나서 처음으로 마주하는 사람은 부모다. 그렇게 부모와 자식의 특별한 관계가 만들어진다. 아버지의 아들에서 아들의 아버지가 되어 돌아보면 가엾지 않은 인생이 없겠지만, 아버지가 살았던 삶도 평탄하지만은 않았던 것 같다. 연민의 감정을 느끼는 것도 어쩔 수 없는 일이라는 생각이 든다. 미처 몰랐던 아버지의 삶을 아버지의 나이가 되고 두 아이의 아버지가 되면서 조금씩 이해하게 되었다. 아버지가 어떤 생각을 했고 어떤 종류의 슬픔과 후회를 안고 살았는지에 대해 모두 알지는 못하지만 대략은 짐작할 수 있게 되었다.

'아버지'의 아들, '아빠'의 아들

우리 세대에서 아버지들은 이전 세대의 아버지와는 다른 사람들이다. 나 역시 아버지보다는 훨씬 자상한 편이었고 아이들과 더 많은 시간을 보내야 한다는 생각을 가지고 있었다. 실제로는 군인이라는 제약 때문에 그렇지 못했지만 말이다.

아무튼 아들 한솔이와 한새는 그런 아버지 밑에서 잘 자라 주었다. 두 아들 중에 맏이인 한솔이는 지금 아버지인 나처럼 군인으로 살아가고 있다. 육군사관학교에 입학한 한솔이와는 그때부터 지금까지 관심사가 비슷해서 대화도 많은 편이다. 다정한 부자 같기도

첫째인 한솔이와의 동반강하

하고 때로는 선후배 같기도 하다. 그런 면에서는 둘째인 한새에게는 미안한 마음이 있다.

아들 한솔이와의 추억 중에 가장 기억에 남는 일은 역시 동반강하이다. 당시에 나는 나토 국방대학교에서 교육을 받고 있었는데 한솔이가 전화로 동반 강하를 부탁했다. 나는 기꺼이 그렇게 하겠다고 했다. 공수교육의 꽃은 누가 뭐라고 해도 '자격강하'다. 자격강하는 공수 기본교육 중 교육생들의 공중침투 능력 검증을 위해 고정익기나 회전익기에서 실제 강하를 실시하는 것이다.

경기도 광주시의 특전교육단에서 나는 아들을 비롯한 후배 생도들의 훈련 장비를 점검하고 착지하는 요령 등 몇 가지를 조언했다. 그 후에 CH-47 헬기를 타고 1,800피트(약 548m) 상공에서 낙하산으로 동반 강하하는 훈련에 임했다. 교관의 강하 신호에 맞춰 한솔이가 먼저 창공으로 몸을 던졌다. 나는 한솔이의 뒤를 따랐다. 동반강하는 무사히 끝났다. 그날은 정말 온몸으로 부자간의 정을 온몸으로 느낄 수 있었다. 그리고 아들을 포함한 후배생도들이 폭염 속에서 힘든 훈련과정을 견디고 조금씩 군인의 모습을 갖춰 가고 있어 대견하다는 생각이 들었다. "멋진 정예 장교가 되어 아버지의 사랑에 보답하겠다."는 말을 들었는데 무엇과도 바꿀 수 없는 기쁨이 밀려왔다. 그때는 잘 몰랐지만, 돌이켜보니 내가 아버지께 그런 기쁨을 드린 적이 있는지 아쉽기도 하고 후회스럽기도 하다.

아버지가 이 모습을 보셨다면

장군이 되었을 때가 생각난다. 그날은 아마도 아버지의 가장 자랑스러운 순간 중 하나였을 것이다. 만약 그날에 아버지가 계셨다면 가장 기뻐하셨을 것이다. 아버지가 살아계셨다면 '좋아, 잘했어. 하지만, 멈추지 말고 더 잘해야 해.'라고 말했을 것이다. 추억은 기억을 되새김질하는 것이고 기억은 이해하려는 몸짓이라고 한다. 이제야 나는 아버지와의 추억을 끄집어내어 한 남자의 생을 이해하려 애쓰고 있다.

생도 시절에 아내를 처음 만났는데 처갓집도 영주에 있었다. 장모님이나 장인께서는 군 생활을 하는 동안 내내 나를 '임 장군'이라고 불러 주셨는데, 장군이 됐다고 기뻐하시는 모습을 보면서 아버지의 생각이 나지 않을 수 없었다. 그래서 개인적으로는 기쁨도 있었지만, 한편으로는 '아버지가 이 모습을 보셨으면 얼마나 좋았을까?'라는 아쉬움이 있었다. 기분 좋게 축하를 받고 집에 돌아와서는 아버지 생각이 나서 한동안 먹먹해졌다. 이제는 아버지의 빈자리를 채우며 행복한 가정까지 이뤄 살고 있는 나를 돌아보면 감사할 뿐이다.

자신의 이야기를 들려주시지는 않았지만, 결정의 순간마다 말없이 믿어주셨던 아버지의 눈빛이 나를 성장하게 했다. "아버지, 무슨 생각을 하고 계세요?"라고 물어본 적은 없었지만, 아버지의 눈빛은 나를 믿어주고 있었다. 가족의 생계를 책임져야 할 어깨와 마음속에 묻어둔 무거운 짐과 자식들의 미래를 위한 교육과 계획을 늘 자신보다 우선하시던 모습이 그려지는 것을 보니 내가 아버지를 얼마나 그리워하고 있는지, 아버지가 없는 지금을 얼마나 아쉬워하고 있는지 알 수 있을 것 같다.

아버지의 유산

아버지는 무엇보다 행동으로 보여주신 게 많았다. 초등학교를 졸업하고 중학교 다닐 때는 새벽에 일어나야 했다. 영광중학교까지 25리 가까이 되는 거리였다. 새벽에 엄마가 밥을 차려주면 아침을 먹고 책가방을 챙겨서 학교까지 거의 10km나 되는 길을 걸어갔다. 물론 자전거를 타기도 하고, 버스도 탔지만 대부분은 걸어서 다녔다.

그 시절에 기억나는 아버지의 모습은 새벽에 보면 벌써 '똥장군'이라는 것을 짊어지고 집으로 들어오시는 모습이었다. 내가 학교에 갈 준비를 하기도 전에 밭에 가셔서 거름을 뿌리고 돌아오신 것이다. 아버지는 항상 일하는 모습을 보여주었다. 그리고 아버지는 해병대 출신이었는데, 그래서인지 일을 추진하는 능력이나 소위 말해서 '깡'이 있었다. 무슨 일이든 도전하고, 또 새로운 것들도 거부하지 않고 받아들이는 부분도 있었다. 그런 도전 정신이 '아버지의 유산'이라고 생각한다. 살기 좋은 마을을 만들겠다는 아버지의 노력을 이어가고 싶은 것이 내가 지금과 같은 결단을 내린 하나의 배경이 됐다.

내가 고향을 한 번도 잊을 수 없었던 가장 중요한 이유는 아버지이다. 아버지의 삶을 거름으로 나의 길을 걸을 수 있었던 내가 어떻게 고향을 잊을 수 있겠는가. 우리는 모두 누군가의 자식으로 태어나고 원하든 원하지 않든 부모님을 거름으로 자라났다.

◢ 영웅은 결코 사라지지 않는다

4대가 함께 사는 일은 쉽지 않았다. 우리 형제들은 아버지와 어머니의 곁을 떠나 증조할아버지, 할아버지와 같은 방을 쓰면서 자랐다. 그 시절에 나는 증조할아버지께 바둑을 배웠다. 심심풀이를 겸해서 손자에게 바둑을 가르치셨던 것 같다. 처음 바둑을 배울 때는 흑돌 24점을 깔았다. 거기서부터 한 점씩 줄여나갔고 내가 초등학교 4학년이 되어 증조할아버지께서 돌아가실 즈음에는 맞바둑을 뒀던 기억이 있다. 가끔은 친구들과 놀고 싶어서 바둑을 아무렇게나 둬서 졌던 기억도 있다. 증조할아버지와 할아버지는 손자인 나에게 우리 선조들, 그리고 가계에 대한 많은 이야기를 들려주셨다.

가장 많이 들었던 이야기가 임경업 장군과 〈국순전〉을 쓴 임춘이라는 분에 대한 것이었다. 어린 시절 임경업 장군은 여느 아이들처럼 '전쟁놀이'를 좋아했다. 언젠가는 아이들과 돌로 성을 쌓아 두고 전쟁놀이를 하고 있었는데, 때마침 그곳을 지나던 높은 분이 길을 비키라는 명령을 내렸다고 한다. 이에 어린 임경업은 '성이 있으면 사람이 돌아가야지 어떻게 성을 무너뜨려 길을 만들려고 하느냐.'며 당돌하게 버텼다고 한다. 그 말을 전해들은 높은 분이 장차 크게 될 인물이라며 자신이 길을 돌아갔다는 이야기는 어린 시절 나의 가슴을 두근거리게 했다.

그리고 청나라가 새롭게 부흥하던 시절에 명나라와의 의리를 지키면서 전란의 위기를 극복하는데 앞장섰던 영웅인 임경업 장군이 김자점이라는 간신의 모함을 받아 억울하게 돌아가신 이야기를 하시면서 증조할아버지께서는 '모두가 훌륭한 이상을 꿈꾸지만 현실 속에서 살아가는 것을 택하고, 그 현실과 타협하며 신념을 지키지는 못한 채 살아가는데 그래도 임경업 장군 같은 분은 나라에 충성하고 평생 자신의 신념을 지키신 분'이라는 이야기를 해 주셨다.

증조할아버지의 이야기처럼 5,000년 역사에 수많은 침략이 있었던 만큼 자신의 탐욕을 취하는 위정자가 있었고, 조국과 민족을 배신하는 불의의 무리들도 있었다. 권력자에 빌붙어서 민의를 져버리고 자신의 잇속만을 챙기는 비열한 탐관오리도 있었다. 영웅들의 위대한 행적과 희생을 본받기 위해 역사의 진실을 알아야 한다. 부귀영화와 공명심을 버리고 험난한 길을 걸었기 때문에 사람들은 영웅의 위대한 투쟁을 존경한다. 그래서 영웅의 정의로운 투쟁의 역사는 사라지지 않는다. 영웅은 결코 사라지지 않는다.

'큰 바위 얼굴'이었던 정병주 장군

내가 육군사관학교에 진학하게 된 직접적인 배경 한 가지가 있다. 지금은 폐교가 된 운문초등학교가 나의 모교인데, 한 학년이 한 반으로 구성되어 있었고 전교생이 400명이 되지 않는 '작은' 학교였다. 우연인지 운명인지 모르겠지만, 운문초등학교를 졸업한 선배 중에 정병주 장군이 있었다. 정병주 장군은 특전사령관을 지냈는데, 특전사령관으로 있었을 때 '12.12 군사반란 사건'이 일어났고 그로 인해 많은 고초를 겪으신 분이다.

나는 어린 시절 어른들로부터 '여기가 정병주 장군의 고향이다.' '우리 마을이 낳은 큰 인물이 정병주 장군이다.'는 이야기를 들었고, 초등학교에 들어가서도 '정병주 장군이 우리 학교 출신이다.' 라는 이야기를 들으면서 성장했다. '나도 나중에 장군이 되면 어떨

까?'라는 꿈을 갖게 만든 것에는 이분의 영향도 컸다.

나는 정병주 장군을 '큰 바위 얼굴'처럼 생각했던 것 같다. 어린 시절부터 바위산을 보고 자란 평범한 소년이 나중에 바위산을 닮은 인물이 되었다는 소설처럼 나 역시 사람들의 이야기를 통해 그분을 보면서 성장했기 때문에 꿈을 꾸고 꿈을 이룰 수 있었다는 생각이 든다.

동기 부여가 되었던 사과나무

나는 영주에 있는 중학교에 진학해서 자취를 시작하기 전까지 틈틈이 집안일을 도왔다. 내게 주어진 일이 대단한 것은 아니었지만, 아버지가 하시는 일을 곧잘 돕고는 했다. 내가 초등학생일 때, 하루는 아버지가 사과나무를 심겠다고 하셨다. 그날도 아버지를 따라 밭으로 가서 사과나무 심는 일을 도와 드렸다. 아버지께서 "이 사과나무를 왜 심는지 아느냐?"고 물으셨다. 별 생각 없이 따라 나섰다가 갑작스러운 질문에 머뭇거리고 있는데 "네가 대학교 들어가면 학자금으로 쓰려고 이 나무를 심는 거다."라고 하셨다. 내가 초등학교 때 사과나무를 심어서 그 나무가 자라서 열매를 맺으면 이를 학자금으로 사용하겠다는 의미였다. '나는 농사를 짓고 살지만, 자식들인 너희는 나처럼 농사짓는 걸 바라지 않는다. 공부 열심히 해서 출세하는 것이 나의 바람이다.'라는 이야기를 아버지의 방식으로 했던 것이다.

아버지는 마을의 젊은 분들이 모아서 '장학 계'를 조직했다. '지금 우리는 이렇게 살고 있지만, 우리의 자식들은 잘 살아야 되지 않겠느냐. 그렇게 하려면 아이들을 제대로 가르쳐야 된다.'라고 해서 친목계에서 장학기금을 마련했다. 장학기금은 쌀을 모아서 마련했다. 그리고 가장 먼저 했던 일이 학교에서 우등상을 받은 학생들에게 소정의 장학금을 주는 것이었다. 장학금은 '쌀 1되, 또는 1말'이라는 식으로 지급되었는데, 실제로는 그에 해당하는 현금으로 나눠주었다. 초등학교, 중학교는 물론 고등학교 때까지 그 장학금을 받아서 사고 싶은 책을 구입하는데 보탰던 기억이 있다.

사과나무를 심고, 마을의 친목계에서 장학금을 주는 일이 무슨 대단한 일이냐고 생각할 수도 있지만, 사실 나는 그 수혜자의 한 사람으로서 영향이 엄청나게 컸다고 생각한다. 조우골 12마을 중에 한 마을인 '섬밭골'은 당시에 10가구 정도 됐다. 그 10가구 중에서 나는 육군사관학교를 졸업해서 군인이 됐고, 형님은 교사, 동생은 경찰공무원이다. 우리 집만 그런 것이 아니라 마을에서 나와 비슷한 또래에 교사가 10명 이상이다. 그 중에는 교장, 교감 선생님도 몇 명이 있다. 고시에 합격해서 국회에서 일하는 후배도 있다.

우리의 부모님들은 모두 가난했다. 나는 우리가 잘 자랄 수 있었던 것은 그때 당시에 자식을 먼저 생각하는 부모님들의 영향이 상당히 컸다고 생각한다. 나에게 '사과나무'는 "내일 지구의 종말이 온다 해도 나는 오늘 한 그루의 사과나무를 심겠다."는 스피노자가 말보다 아버지의 그 담백한 언어로 남아 있다. 미래를 계획한 사람과 그렇지 않은 사람, 준비하는 사람과 준비하지 않는 사람의 차이를 알려주신 아버지, 미래의 그날은 반드시 오게 마련이고, 준비만 하면 부딪힐 수도 즐길 수도 있다는 것을 아버지는 아들에게 전해 주셨던 것이다.

자신과의 싸움을 시작하려고 한다

이제 마무리할 시점이다.

증조할아버지께 바둑을 배우면서 다른 많은 것을 배웠지만, 근래에 새롭게 깨달은 것이 하나 있다. 바둑에서는 1단 '수졸(守拙)'에서부터 9단 '입신(入神)'에 이르기까지 각 단을 가리키는 말이 있다. 수졸, 약우(若愚), 투력(鬪力), 소교(小巧), 용지(用智), 통유(通幽), 구체(具體), 좌조(坐照), 입신이 그것이다.

증조할아버지께 서는 '입신'의 경지와 같은 이야기보다는 늘상 '수졸'에 대해서 말 씀하셨다. 수졸은 글자 그대로 '졸렬하게나마 겨우 제 한 몸을 지킬 수 있게 된 단계'라는 뜻이다. 과거에는 그렇지 않았지만, 요즘은 가끔 스스로를 지키는 게 사실은 굉장히 어려운 일이라는 생각이 든다. 어디서든 자신의 근거지를 마련하고 그곳에서 자기를 지켜내는 것이 너무 어렵다는 것이다. 우리가 타협하거나 유혹에 넘어가는 가장 중요한 이유는 스스로를 지키기 못하기 때문이다. 결국 자기와의 싸움에서 지게 되는 것이다.

나는 '자신을 지키는 것의 어려움'을 겪고 더욱 단단해졌다. 그래서 이제 제 한 몸은 스스로 지킬 수는 있게 되었으니 더 나아가 어려움에 처한 고향을 지키는 일에 나서겠다는 것이다. 더불어 나를 지키기 위해서라도 본질적으로 상대방을 짓밟고 올라서야 하는 경쟁은 하지 않을 생각이다. 내가 정치를 시작하면서 새롭게 갖게 된 '원칙'이다. 상대방과 혹은 경쟁자, 나의 카운터파트가 될 수 있는 사람들과 경쟁하지 않겠다는 것이다. 오직 자기와의 경쟁만을 할 것이다. 이유는 간단하다. 경쟁을 하다보면 너무 과하게 몰입해서 상대를 거칠게 비난하게 된다. 이렇게 하다 보면, 자기를 잃어버리는 경우가 생기게 마련이다. 그래서 나는 오직 나와의 경쟁만 할 생각이다. "자기 스스로 게을러지고자 하는 자신과의 싸움, 남을 비난하고 싶어 하는 마음을 가진 자신과의 싸움, 불의와 타협하고 유혹에 굴복하려는 자신과의 싸움"에서 이긴다면 결과적으로 어떠한 경쟁에서도 이길 수 있다고 생각한다. 하지만, 내가 그 싸움에서 스스로에게 진다면 상대가 누구인지에 관계없이 절대로 이길 수 없을 것이다.

어쩌면 지금 내가 나서는 정치가 '무한 경쟁'이 벌어지는 영역이다. '무한 경쟁'의 정치판을 헤쳐 나가야 하는 상황이라고 하더라도, 나는 이 경쟁에서 상대방을 싸우는 상대로 보지 않고 내 스스로를 상대로 해서 내 스스로를 이겨 나가는 부분들에 더욱 집중해 나갈 것이다.

사진 목록

원칙 너머

2024년 1월 4일 초판 1쇄

지은이 임종득
기획편집 박일구
디자인 김진경

펴낸이 강완구
펴낸곳 써네스트
브랜드 열린세상

출판등록 2005년 7월 13일 제2017-000293호
주소 서울시 마포구 망원로 94, 2층 203호 (망원동)
전화 02-332-9384   팩스 0303-0006-9384
홈페이지 www.sunest.co.kr

ISBN 979-11-90631-83-9 (03810)